4
Author
シクラメン
Illustration
てつぶた
中卒探索者の成り上がり英雄譚
2つの最強スキルでダンジョン最速突破を目指す
The Heroic Tale of An Upstart Explorer in a World Full of Dungeon

「悲鳴あげたな。
効いてんだろッ！
ぶっ飛べッ！」
ダンジョン少女 VS ハヤト！―

「……っっ！」

「私が師匠とロロナちゃんを守る……。
私がっ！」
誰にも負けないように
言葉に出して、
澪《みお》が剣を構える。

中卒探索者の成り上がり英雄譚 4

～2つの最強スキルでダンジョン最速突破を目指す～

シクラメン

HJ文庫
1128

口絵・本文イラスト　てつぶた

4 The Heroic Tale of An Upstart Explorer in a World Full of Dungeon

CONTENTS

序章　✦　無能の慟哭《どうこく》

天原《あまはら》ハヤトは、ずっと己《おのれ》のことが嫌《きら》いだった。

いや、それよりも自分を好きになる理由が見つけられなかったという表現の方が正しいだろう。

天原の家での十四年間で、彼《かれ》が身につけた天原の秘技はせいぜいが二つ。その内の一つは不完全。唯一《ゆいいつ》使える技も自壊《じかい》を伴《ともな》う『星走り』。弟と妹はそんなものは十歳《さい》になるまでに原型を修め、異能を発現し、〝魔《ま》〟を祓《はら》った。

そんなものを見せられて、比べられて、蔑《さげす》まれて、どうして天原ハヤトは自分のことを好きになれるというのだろう。

そして、天原の家に捨てられ一文無しになりホームレス同然の生活を送りながら、それでも夏の暑さに耐《た》えきれず家電量販店《りょうはんてん》で涼《すず》みながらダンジョンのニュースを見た時に『これだ』と思ったのだ。

これなら、自分も生きていけると。

少なくとも〝魔〟を祓う術は何度も叩《たた》き込《こ》まれてきたから。ダンジョンのモンスターが相手でも戦えるんじゃないかと。

そうして、ハヤトは探索者《たんさくしゃ》になった。

それは今よりも攻略《こうりゃく》情報が出回っていなかった時代。『日本探索者支援機構《JESO》』——ギルド——もまだ無かった時代。スキルの有効性が未《いま》だ一般《いっぱん》に膾炙《かいしゃ》していなかった時代。

その時代にハヤトは今までの経験を元に、ほんの一瞬《いっしゅん》だけ誰《だれ》よりも前線にいた。たった一人、武器も持たず、モンスターに怯《おび》える他の探索者たちを見捨て階層主《ボス》モンスターを殺した。

天原で削《けず》られた彼の自尊心と自信。それが少しずつ癒《い》え始めた。けれど、それを周りに悟《さと》られぬようにハリネズミのように言動を尖《とが》らせ、粋《いき》がり、自信過剰《かじょう》に振《ふ》る舞《ま》った。

ハヤトにはそれ以外のコミュニケーションの取り方が分からなかった。

歪《ゆが》んだ家で育てられた子供。しかし、それが中卒となると他の大人たちも彼を矯正《きょうせい》しようとはしなかった。

当たり前だ。彼は中卒なのだから。

内情を知っていれば、あるいは反応が変わったのだろう。けれど、多くの人がそうであるように当時の探索者たちもまた、ハヤトをその括《くく》りでしか見なかった。

――あんな性格だから学校を辞《や》めたんだろ？

――まともなところで働けないから探索者なんてやってんだろ。

誰も彼を十四歳の少年という視点で見なかった。

見ていたのは不登校の中学生というステータスだった。

けれど彼が前線攻略者《フロントランナー》でいれば、それでもまだ良かった。

結果さえ出していれば、その陰口《かげぐち》はただの僻みとして消化された。当たり前だ。誰よりも前線にいた子供の探索者を大人があげつらうという醜悪《しゅうあく》さが表に出るはずもなかった。

しかし、それも長くは続かなかった。

ダンジョン発生初期、それが金になることに目をつけた大企業《だいきぎょう》はその金に物を言わせてダンジョン産のアイテムや装備を買い集めた。そして、新設した部署や子会社に出向させた企業所属の探索者に与《あた》えた。

ハヤトにとっては逆立ちしたって買えないような治癒《ちゆ》ポーションや武器を惜《お》しげもなくダンジョンに投入し、また初期のクランとなるような存在もここで生まれた。

人と、物と、金。

そのどれも持ち合わせていなかった天原ハヤトは、今では初心者の壁《かべ》と言われる3階層で立ち止まった。そのまま先に進めなかった。

だから、ハヤトの周りから人が消えた。

前線攻略者どころか装備さえ整えれば誰でも攻略できるような階層すら乗り越《こ》えられない無能など、嘲笑《ちょうしょう》の対象になれど誰も手を伸《の》ばそうなどとはしなかった。

それでも――シオリやダイスケのような人間はハヤトに手を差し伸べた。彼を救おうとした。

けれど、それを断ったのは他ならぬハヤトだった。

許せなかったのだ。あれだけ自分から遠ざけて、自分より下だと思っていた人間から手を差し伸べられたことが。

彼の怯えた自尊心は哀《あわ》れなほどに捻《ね》じ曲がり、その発露《はつろ》はどこまでも醜悪だった。

そして、その歪みは他ならぬ自分自身に向かった。

結局、同じじゃないかと。

天原にいた時と、探索者になってから。一体何が変わったというのだ。何かが出来ると思って、何も出来ないままに潰《つい》える。それが自分の限界なのだと、目の前に広がる現実がどこまでも天原ハヤトを追い詰《つ》めた。

それでも、ハヤトは探索者でいたかった。

それは認めてもらいたかったからだ。

自分を追放した家族に、天原として認めてもらいたかったのだ。

自分のことを嘲笑《あざわら》った探索者たちに認めてもらいたかったのだ。

何よりも自分が自分のことを認めたかったのだ。

天原ハヤトは価値のある人間だと、世界にたった一人で良いから自分の力で認めてもらいたかったのだ。

けれど、その夢は二年とかからずに潰えた。

屍肉漁り《スカベンジャー》、と呼ばれる集団による初心者狩り《モンスタートレイン》。ダンジョンの階層内でモンスターを集め、それを他の探索者に押《お》し付ける。そうすれば、探索者の『死』はモンスターによるものだ。一般的《いっぱんてき》な事故と区別が付けづらいそれにより、他の探索者たちの装備を奪《うば》って生計を立てる倫理《りんり》のタガを外した集団に襲《おそ》われた。

そしてハヤトはダンジョンと自分を結びつけていた最後の欠片《かけら》である治癒ポーションを使ってしまった。

他の探索者からすれば何でもない事象でも、ハヤトにとってそれは探索者人生を終えるに決定的な出来事だったのだ。

どこまでいっても救いのない己の無能。

二年という月日《モラトリアム》を使っても羽化《うか》することができず、芋虫《いもむし》のまま地べたを這《は》いずるのが自分という存在だと、見たくなかった現実を改めて見るのにはどこまでも決定的すぎた。

だから、ハヤトは死のうと思った。

生きていたって仕方ないと思ったから。

そのまま惨《みじ》めに生き延びたって何にもならないと、気がつくには遅《おそ》すぎたと思ったから。

けれど、それを見ていた星が一つ。

天原ハヤトの人生を繋《つな》ぎ止《と》めるには大きすぎる星が一人だけ、彼を見ていた。

第1章 ✦ 最深淵《さいしんえん》の探索者！

「し、師匠《ししょう》！」

「……ハヤト」

ハヤトは両脇《りょうわき》に弟子《でし》を二人抱《かか》えたまま地面に落ち続けていた。

『ダンジョン』を名乗る少女の死を願った瞬間《しゅんかん》に、突如《とつじょ》として三人の足元に現れたのは巨《きょ》大《だい》な穴。それに飲《の》み込まれた彼らはどこまでも落ち続けていた。

「ロロナ。俺《おれ》にタイミングを合わせるんだ……ッ！」

落ち続けること十数分。

既《すで》に彼らは終端《しゅうたん》速度に達しており、その速度はおよそ時速二百キロ。さらには周囲が暗《くら》闇《やみ》に包まれており、いつ底が来るのかも分からない恐怖《きょうふ》がハヤトを貫《つらぬ》く。

しかし、ハヤトの左脇には【重力魔法《まほう》】の使い手がいる。帽子《ぼうし》が飛ばないように片手で必死に押さえながらハヤトを見る。

「た、タイミング……ってどうやって？」

「俺がなんとかする」

何を合わせるか、などと無駄《むだ》な会話はしない。

ロロナは【重力魔法】の使い手。落下している三人を空中で減速、あるいは停止させることが可能だ。問題は彼女《かのじょ》がその魔法を使うたびにMPを使用してしまうところだろう。減速、静止はその時間に応じてMPが減っていく。もし、地面まで数百メートルある地点でロロナのMPが0になったらその瞬間、ハヤトたちを待ち構えているのは落下死だ。

しかし、ハヤトにはタイミングをあわせるなどといっても考えがあるわけではない。【スキルインストール】による何らかの魔法か、あるいは【武器創造】によって生み出した武器を先に地面に向かって投擲《とうてき》して、その衝撃《しょうげき》を伝えるくらいしか。

〝【消費MP半減】【光属性魔法Lv5】【自動MP回復】をインストールします〟

〝インストール完了《かんりょう》〟

その瞬間、ハヤトの脳内に響《ひび》くのはいつもの声。

「……ッ！」

好機とばかりに光の矢を落下方向に向かって放つ。生み出された矢はハヤトたちよりも速く底に向かって光を放つ。だが、未だに底は見えない。ふ、と光が消える。

「えっ⁉　師匠って光魔法も使えるんですか？」

「あ、あぁ。まぁな……」

このタイミングで【スキルインストール】について説明をしている暇《ひま》もあるまいということで、適当に受け流すハヤト。

再び光の矢を生み出して、落下方向に向かって放った。

ひゅう、と空気を切り裂《さ》きながら真下に向かって落ちていくと、視界のその先で爆《は》ぜた。

ぱっ、と小さな閃光弾《せんこうだん》のように光が広がる。

「ロロナ！」

「……んっ！」

ハヤトの合図に合わせてロロナが左手の錫杖《しやくじよう》を振るう。次の瞬間、ハヤトたちの落下速度が急減速。それに合わせてハヤトは三人の近くに光球を生み出した。矢と違《ちが》って全方向をボンヤリと照らし出すと、深淵の底までの距離《きより》をハヤトたちに見せつけた。

底には石畳《いしだたみ》の道路が待っている。その道路の両脇は草原。まるで、自然の草むらの中に誰かが道路を敷《し》いたような見た目。

そんな光景など現代日本で見るべくもない。間違《まちが》いなくダンジョンの階層《エリア》。『転移の間』を介《かい》さずにダンジョンに取り込まれたことに、やや驚《おどろ》きを覚えるハヤト。しかし、相手の言葉を信じるのなら彼女は人間の蘇生《そせい》すら可能な存在だ。

それを思うと『転移の間』を通さずにダンジョンの中に落とされるのも違和感《いわかん》は無い。

ハヤトがそんなことを考えている間に、ほぼゼロになった落下速度のまま三人はダンジョンの底に着地。足の裏に返ってきたのは固く、確かな石の感触《かんしょく》。

「だいぶ落ちたな……」

「ここは、どこなんでしょうか？」

「紫《アイツ》の少女の言葉を信じるならダンジョン……それも68階層なんだろうけど」

そう言いながらハヤトは先ほど自分たちが落下してきた直上を見上げた。しかし、そこに広がっていたのは満天の星。穴なんてものはなく、その代わりに大きな月が浮《う》かんでいた。しかも、二つ。

エリアの雰囲気《ふんいき》だけなら32階層の『夜村』エリアとも見える。

だが決定的に異なるものが月の光によって、ハヤトの視線の先に照らし出された。それはどんとそびえ立つ巨大な砦《とりで》である。侵入者《しんにゅうしゃ》を阻《はば》むように門は閉じられており、そこから先は見えない。ただ、石畳の道が砦に繋がっていることだけは確かだった。

そして、それを見てハヤトはぽつりと漏《も》らす。

「……ダンジョンなのは間違いなさそうだ」

内心、ハヤトの心の中は尋常《じんじょう》でないくらいに焦《あせ》っていた。

彼が攻略していたのは37階層。けれど、それでもモンスターに対して攻撃《こうげき》が通じずに、ハヤトが弱らせてシオリが狩《か》るというフォーメーションで攻略を進めていたのだ。

それだけではない。

ここは、それよりも31階層も深い。ハヤトが己の全てを振り絞《しぼ》り【スキルインストール】による〝結合技巧《ワンセットスキル》〟も使うことでようやく倒《たお》すことができた『禁忌の牛頭鬼《フォビドゥン・タウロス》』は53階層。

しかし、それでも彼が焦れば、弟子二人はもっと焦ってしまう。不安に駆《か》られる。だから、ハヤトは誰よりも落ち着き払《はら》ってみせた。

《やられたな……》

（そうだな。これはちょっと……予想外だ）

ハヤトはヘキサに返しながら胸元《むなもと》の探索者証《ライセンス》を取り出す。ICチップの埋《う》め込まれたそれは、探索者たちにとっての身分証であり、財布《さいふ》であり、そして顔も分からないほど無惨《むざん》に殺されてしまったときの識別証《ドッグタグ》である。

しかし、それだけではない。

探索者たちの高い殉職《じゅんしょく》率を抑えるために『双電晶』を用いた緊急《きんきゅう》通信端末《たんまつ》にもなる。

だからハヤトはギルドにその連絡《れんらく》を打ったのだが……反応はない。

普通《ふつう》はすぐにギルドからの返答が来るのだが、何も来ない。

《あの騒乱《そうらん》の後だ。ギルドが機能していると思わない方が良いかも知れないな》

（……クソッ！）

あの騒乱とはダンジョンが街に放った『メルト・スライム』による破壊活動《はかい》を指す。たった七匹《ひき》だけ外の世界に送り出され、街がことごとく破壊されてしまったダンジョンの悪意のことだ。

モンスターたちによって家はなぎ倒されて、人は喰《く》われ、更地《さらち》にされかけたような事件があっては、いかにギルドといえども復旧しているなどとは考えづらい。

そもそも最初のスライムたちは他ならぬギルドに発生したのだ。ダンジョン内部にいる探索者に救援隊《きゅうえんたい》を送るよりも、街で生き埋めになっている一般人《いっぱんじん》を救い出す方が先だろう。

それも全て、この救援《きゅうえん》情報が届いていればという話になるが。

《どうした？》

（いや……。この通信がもし届いていなかったらどうしようかと思って）

《『双電晶』は二つで一つ。たとえ世界が違っても共鳴すると思うが……》

ヘキサはハヤトの言葉に、やや納得《なっとく》いかない様子で返す。

《それよりも救援情報を送っても、ここが本当に68階層なら助けは絶望的じゃないのか？ここに到達《とうたつ》するまで30近い階層を攻略しないといけない。今のペースから考えても二ヶ月

は必要だ》

その言葉にハヤトは思わず苦虫を噛《か》み潰《つぶ》したような表情を浮かべる。

二ヶ月間、モンスターに襲われずに過ごすことは可能だ。ダンジョンの階層内には『安全《セーフ》圏《エリア》』と呼ばれるモンスターの侵入《しんにゅう》してこない場所がある。そこに居座《いすわ》れば二ヶ月、モンスターの危機から逃《のが》れることは可能だろう。

だが、当然問題はついて回る。

（二ヶ月、『安全圏《セーフエリア》』ってわけには……いかないよな）

《無理だろう。食事はどうするんだ？》

（だよな……）

ヘキサが指摘《してき》したように水と食料がまずもって大きな問題になる。

ハヤトは攻略に向けてポーチに最低限の水分補給が出来る水筒《すいとう》を持参しているが、それは一回の攻略分しかない。つまり一日持たないのだ。そして、次に問題になるのが食料。こちらは持参すらしていない。当たり前だ。長丁場になる攻略ならまだしも、ハヤトは半日ごとにダンジョンから出て〝外〟で食事を取るライフスタイルだ。食事なんて、望むべくもない。

《それにお前は弟子二人にずっと同じ服を着させたまま風呂《ふろ》もシャワーもないダンジョン

内に放っておくのか》

（……ダンジョン内に川があれば良いんだけどな）

《水浴びか？　この状況《じょうきょう》ならシャワーなど望むべくもないが、だとしても川が『安全圏《セーフエリア》』でなければ、目も当てられないことになるぞ》

（そうだよな……）

ハヤトは心の中で唸《うな》る。

清潔さの担保。これも大事な問題だ。特にハヤトの弟子は二人とも少女である。ハヤトと違って清潔さを保ちたいと思うのが人の心だろう。

だが、そもそもとして二ヶ月以上もずっと同じ場所に居続けるという消極策は、救援隊が来ることを前提としている。だが来ないのであれば、それは終わりのない助けを求めてずっと同じ場所にとどまり続けることを指す。

それが、可能なのだろうか。

「あの、師匠……」

「悪い。ちょっと考えごとしてた」

ハヤトは澪《みお》に服を引っ張られて意識を弟子二人に戻《もど》す。

「一応聞いておくんだが……澪もロロナも、『転移の宝珠《ほうじゅ》』は持っていないよな？」

「は、はい。持ってないです」

「……ん」

ハヤトの問いかけに澪とロロナが首を縦に振る。ダンジョンの中だろうが外だろうが、願うだけで自由にどんな場所にでも飛ぶことができる宝珠は時価で数千万。アイテムを手に入れられる階層も初心者である二人には攻略できない深度。

絶対に持っているわけがない。

わけがないのだが、自分を納得させるためにハヤトは聞いておきたかったのだ。彼が持っていた『転移の宝珠』は咲《さき》からの緊急連絡《きんきゅうれんらく》で既に使用してしまっているのだから。

「……だよな。実は俺も持ってないんだ」

ハヤトは澪とロロナにそう言うと、彼女たちの顔が曇《くも》るよりも先に続けた。

「ただ……ここから生きて出るための方法はある。ぱっと思いつくだけで二つ」

「二つ、ですか？」

「ああ、まずひとつは救援が来るまで『安全圏《セーフエリア》』でじっと待つことだ」

澪の問いかけにハヤトが素早《すばや》く答える。

だが、ロロナが首を傾《かし》げた。

「……どれくらい、待つ？」

「今のペースなら見積もって二ヶ月ってところだろうな」

「二ヶ月……」

「だが、それまで食事も水もここで自給自足になる。食料をドロップするモンスターがいないと……正直、詰みだ」

「……む」

ロロナが顔をしかめる。その表情はとても正しい。

当然だが、ハヤトの側にいた彼女たちも『ダンジョンの少女』が語っていた言葉を聞いている。だから、ここが68階層なのではと薄々《うすうす》思っている。思っているからこそ、顔をしかめてしまうのだ。

前線攻略者《フロントランナー》など遠い夢である自分たちが、そんな深い階層の中で二ヶ月も生き延びることができるのかと。

「師匠。もう一つは何なんですか？」

「それはな――」

階層を攻略すること、と言いかけたハヤトは、刹那《せつな》、振り向いた。

「……ッ！」

〝全スキルを排出《イジェクト》〟

〝【急襲反撃《きゆうしゆうはんげき》】【撃力強化《げきりよく》】【発勁《はつけい》】をインストールします〟

〝インストール完了〟

ハヤトが振り返るのと、【スキルインストール】がハヤトにスキルをセットするのは同時。振り向いた瞬間、そこにいたのは軽装に身を包んだ騎士《きし》。ロングソードを空に掲《かか》げ、ハヤトに向かって振り下ろすまさにその瞬間、

「えっ⁉」

「……急に」

ハヤトの背後を見ていた二人ですらも、目を丸くする。まるで、今の今まで見えていなかったかのように。

ハヤトは振り下ろされる剣《けん》を避《さ》けるべく地面を蹴《け》ろうとして……背後にいる弟子の存在を思い出す。

このまま避けると、澪に当たる。

「はアッ！」

だからこそ、ハヤトは剣の振り下ろしに手の甲《こう》を合わせた。ガッ、と金属を打ち付ける音と共にそれを大きく振り払う。次の瞬間、騎士の剣が外側に向かって軌道《きどう》をそらされて石畳に食《く》い込んだ。

「ふッ！」

そこに飛び込み、【発勁】を撃《う》ち込む。【撃力強化】により、強化されたハヤトの一撃《いちげき》は騎士の身体を見事に打ち付けて――。

『Fu』

騎士は左腕《ひだりうで》で、ハヤトの右の拳《こぶし》を握《にぎ》りしめていた。

ありえない。あの体勢から前線攻略者《フロントランナー》である自分の一撃を片手で受け止めるなど。

その思考の隙《すき》を狙《ねら》うように騎士は剣を手放して、回し蹴《げ》り。ハヤトはとっさにそれを左腕で防ごうと掲げたものの、ガードの上から蹴り飛ばされた！

さらに騎士は追撃《ついげき》。ハヤトを最優先で潰すべき人間だと判断。

地面に倒れ込んだハヤトのみぞおちにアッパーを叩き込む。

「……ヅッ！」

肺の空気を吐《は》き出しながら、ハヤトの身体が宙に浮く。剣を捨て身軽になった騎士は、まるでハヤトの身体をサッカーボールのように蹴り飛ばした。

（痛ェなッ！）

地面を二回バウンドして、起き上がったハヤトが騎士に向き直る。

その手元には一本の銀の槍《やり》が握られている。

〝【発勁】を排出《イジェクト》〟

〝【哀絶なる穿孔《せんこう》】をインストールします〟

〝インストール完了〟

地面を蹴る。騎士に向かって【哀絶なる穿孔】を発動。

ハヤトの神速の突《つ》きは騎士の鎧《よろい》を——捉《とら》えきれない。半歩、右に避けるだけでハヤトの槍を薄皮《うすかわ》一枚で回避《かいひ》した騎士は、突きの体勢を変えきれないハヤトの横腹を蹴り飛ばす。

「……二度目はねぇよ」

しかし、ハヤトに放たれた蹴りは彼の身体を吹《ふ》き飛ばさない。その代わり、彼の足が触《ふ》れている地面が僅《わず》かに陥没《かんぼつ》した。

自らに叩き込まれた衝撃を、そのまま地面に受け流す天原の秘技——『天降星《あまだれぼし》』。ハヤトはそのままの体勢で騎士に向かって槍を薙《な》ぐが、騎士はしゃがんで回避。そして、バネのようにハヤトに飛びかかろうとした瞬間、ハヤトがその肩《かた》を押さえた。

一瞬。武器を捨て、自分に触れてきた人間にモンスターの意識が割《さ》かれる。

その一瞬で、ハヤトは地面を蹴った。

「『星穿《うが》ち』ッ！」

それは全体重を乗せた自壊を伴わない『星走り』。けれど急激に体勢を変えたことによる一撃は満足な火力が出せずに騎士の身体を大きく後ろに飛ばすことしかできない。

《ハヤト、聞け。お前がいま戦っているモンスターは『インフェリア・ナイト』。68階層で最もよく出会う一番弱い敵だ》

「う――」

嘘《うそ》だろ、という言葉が思わず喉《のど》から出かける。ヘキサのことを知らない澪とロロナに察知されるわけにも行かず、とっさに飲み込んだが――ハヤトにとっては、それだけの衝撃だった。

拳を交え、剣を交えたから分かる。この騎士は今のハヤトよりも技量が上だ。身体能力も遥《はる》かに高い。剣を早々に捨てさせたからこそ五分五分に運べているが、それは咲桜《さくら》との経験が活《い》きているから。

相手がロングソードを持ったままだったら、ここまで長く戦い続けられただろうか？しかも相手が階層主《ボス》級ならまだしも、頻繁《ひんぱん》に対敵する雑魚《ざこ》モンスターなのであれば『星走り』を使えない。治癒ポーションにすら限りがある状態で、自壊など出来るはずもない。

だからハヤトはその現実を飲み込めないまま、騎士に向き直る。

その瞬間、遠く飛んで行った騎士が起き上がる。

起き上がって、大きく吠《ほ》えた。

『Oooooooooooooooooooooo OOOOOOOO！！！！！』

「……ッ！」

その瞬間、ハヤトは踵《きびす》を返して澪とロロナを拾い上げた。

「し、師匠！」

「逃《に》げるぞッ！　アイツ、仲間を呼びやがった！」

それは攻略最中に幾度《いくど》となくハヤトが見てきたモンスターの集敵行為《こうい》。自分と同格、あるいは上位のモンスターを呼び出して探索者と向かい合うそれは、モンスタートレインでも使用される。探索者にとって気をつけなければならない行動の一つである。

〝【哀絶なる穿孔】を排出《イジエクト》〟

〝【脱兎《だつと》】をインストールします〟

〝【撃力強化】を排出《イジエクト》〟

〝【韋駄天《いだてん》】をインストールします〟

〝インストール完了〟

【スキルインストール】が逃走《とうそう》用のスキルをハヤトにセット。それを感じ取るやいなや、ハヤトは前線攻略者《フロントランナー》の脚力《きやくりよく》を使ってモンスターたちから距離を取る。しかし、周囲はどこまで行っても草原が広がっている。逃げたところで身を隠《かく》せるような木々は存在しない。

　ダンジョンの階層《エリア》は無限には広がっていない。一辺が五キロの立方体。それがダンジョンの一階層あたりの最大領域である。それより先は存在しない。そもそも進むことすらできない。だから、きっと草原の先にあるのはハヤトたちの行く手を塞《ふさ》ぐ障壁《しょうへき》で。

　だとすれば、

「砦しかない……ッ！」

　ハヤトも伊達《だて》に二年間、探索者をやっていない。68階層の攻略対象がそこであることは早々に気がついている。エリア名を付けるとしたら『砦』エリアだろうか。ハヤトは粗草《あらそう》原《げん》の中に潜《ひそ》まるほど身をかがめると、そのまま駆けた。

　攻略対象が砦なのであれば、その内部には『安全圏《セーフエリア》』があるはずなのだ。ハヤトは懇願《こんがん》とも予想とも付かない思考のまま『インフェリア・ナイト』たちを避けるように距離を取りながら走る。

　しかし、走っている間にどこからともなく現れた騎士たちが弓矢を掲げた。その数、十五体。

「師匠！　後ろ！　弓矢が！」

「……ロロナ！　行けるか⁉」

　二人を両脇に抱えた状態で騎士たちの弓矢に対処することは、ハヤトには不可能な芸当だ。だからこそ、ロロナに助けを求めた。

彼女は素早く首を縦に振ると錫杖を掲げる。

「『落ちて』」

逃げるハヤトたちに向かって騎士が放った矢は、ロロナの詠唱《えいしょう》によりその全てが地面に叩きつけられた。ガガガッ、と音を立て土や石畳に突き刺《さ》さる。

その瞬間、飛び道具でハヤトたちを倒せないことを悟った騎士たちが弓矢をしまい込んで走り出すが……既にハヤトと騎士たちの距離はかなり開いている。

いくら騎士たちがハヤトの身体能力を上回っているといえども、逃走用のスキルに速度上昇《じょうしょう》スキルを持っているハヤトに追いつくのは時間がかかる。

そして、『インフェリア・ナイト』は探索者を永続的に追走するタイプのモンスターではない。距離が開きすぎた探索者を彼らは無駄な労力を費《つい》やしてまで追いかけない。

だからこそ、離《はな》れたハヤトを見た彼らはそのまま走りを緩《ゆる》めて……哨戒《しょうかい》に戻った。それが彼らの仕事であると言わんばかりに。

一方でモンスターの追撃範囲《ついげきはんい》から抜《ぬ》け出したハヤトたちだったが、あんな騎士が何体もいれば全滅《ぜんめつ》が避けられないことは三人が理解していた。

少なくとも、ハヤトは『インフェリア・ナイト』が複数体出現した時に澪とロロナを護《まも》りながら戦えるだけの自信はなかった。戦っていて手応えがないわけではない。ただ、有効打になっていないのだ。

どれだけやっても相手のＨＰの一割ほども削れていない感触。

時間をかければ倒せるのだろうが、『インフェリア・ナイト』は距離を空けると仲間を呼ぶ。だが、今のハヤトたちにそのモンスターを短時間で葬《ほうむ》り去ることが出来るほどの火力はなく、

「中に入るぞ」

ハヤトはそれだけ声をかけて砦の城壁《じょうへき》、その壁面《へきめん》に足をかけると同時に跳躍《ちょうやく》。ここが攻略対象なのであれば、内部には必ず『安全圏《セーフエリア》』があるはずだ。その思考のまま飛び上がったハヤトは城壁上部に着地。

そこから見えたのは、ドンとそびえ立つ巨大な要塞《ようさい》。その周りには、いまハヤトたちが立っている城壁がぐるりと回りを取り囲んでいる。そして、砦と壁面の間には先ほどハヤトが戦った『インフェリア・ナイト』が四体、一つのグループになって警戒《けいかい》態勢。松明《たいまつ》によって周囲の灯《あか》りを保ちつつ、騎士たちはグループごとに散らばって砦の警戒に当たっていた。

まるで、内部に何か重要な人物でもいるかのように。

「……階層主《ボス》でもいるんでしょうか？」

「いや……。アイテムを守ってるとかじゃないのか」

澪の言葉にハヤトはすぐに首を振る。

理由は単純。階層主《ボス》がいるには、この建物はあまりにハヤトたちが落ちてきた場所から近すぎる。各階層《エリア》に存在している階層主《ボス》部屋の位置はランダムに生成されているが、だからと言って探索者たちがやってきた場所の目の前にありました、ということは今までにない。

だからこそ、ハヤトは首を横に振った。

「ハヤト。こんな場所に、『安全圏《セーフエリア》』……あるの？」

「分からない。こればっかりは中を見るしかないからな」

ロロナの質問もハヤトには理解はできる。確かに〝外〟から落とされてすぐ目の前にある建物に『休めるような場所があるのか？』と問われると、ハヤトも頷《うなず》き難《がた》い。

しかし、だとしても探索前から建物の中が分かるわけがないのだ。だから、ハヤトはロロナの問いかけには正直に答えてから、気を取り直した。

「とりあえず、中に入ろう」

「はい」

ハヤトは澪とロロナの相槌《あいづち》を待ってから、動き出した。

壁面屋上部は砦の壁の内部に入るための入り口が最低でもハヤトの左右に一つずつあった。中に入るとしたら左右のどちらかなのだろうが、絶対内部にはモンスターがいる。それを考えるとハヤトの手がわずかに震《ふる》える。先ほどの戦闘《せんとう》と違い、密室での戦闘。そして自分の後ろには弟子が二人。

「……行くか」

しかし、それを悟られぬようにハヤトは短く漏らした。

〝【身体強化Ｌｖ５】【索敵《さくてき》強化】【隠密《おんみつ》】をインストールします〟

〝インストール完了〟

左右どちらから攻《せ》めるべきかわずかに考えて、ハヤトは左を選択《せんたく》。理由はハヤトたちの右側に砦の門があるからである。そんな微妙《びみょう》な距離の違いに意味などないが、気休めくらいにはなる。

《ハヤト。良くないニュースだ》

（このタイミングで良いニュースってあんの？）

《全員まだ生きていることが良い話だろう。ロロナがいなければあの落下で死んでいたぞ》

ヘキサにそう言われると、ハヤトは反論もできないので無言。

なので、話を戻した。

(それで、良くないニュースってなんだ?)
《前にお前が25階層を攻略《こうりやく》したときの【スキルインストール】の挙動を覚えているか?『進化の関門《ファースト・オビス》』の攻略により、アップデートが入った時だ》
(あー……。そんなのあったな)
言われてハヤトは思い返す。あの時は弟子が出来たばかりでドタバタしていた上に、一日近くもアップデートに時間を取られて変に焦った記憶《きおく》がある。
だが、あのおかげでスキルのレベル上限も3から5にあがったのだが……。
《あれは25階層ごとに貰《もら》える報酬《ほうしゅう》のようなものだ。それぞれ、50階層、75階層で報酬が貰える。だが、先ほどから【スキルインストール】がお前に入れるスキルのレベル上限は5。つまり、お前は50階層――『深化の関門《セカンド・オビス》』を攻略していない扱《あつか》いになっている》
(……だいぶマズいんじゃないか、それ)
《ああ。ここは本来、スキルレベルの上限が7で攻略する場所だからな》
ヘキサに言われてハヤトの内心には暗澹《あんたん》たる気持ちが舞《ま》い降《お》りる。あの騎士にはステータスでも技量でも勝てている自信がないのに、さらにスキルレベルまで足りていないとなると、その気持ちも暗くなる。
……願うんじゃなかった。

そんな後悔《こうかい》までもが、少しだけ心のなかに鎌首《かまくび》をもたげる。だが、それはすぐに振《ふ》り払った。過去を悔《く》やんでも未来が何も変わらないことは、ハヤトが探索者《たんさく》になってからの二年間で学んだ数少ないことだ。

だから、ハヤトは無言で城壁の内部に侵入した。

まず見つけるべきは安全圏《セーフエリア》。後悔はそこで安全を確保してからたっぷりとすれば良い。

（ヘキサ。一つだけ教えてほしいんだが）

《うん？》

（【武器創造】で生み出した武器への特殊効果《とくしゅこうか》の付与《エンチャント》。ステータスの付与だけじゃなくて、状態異常も載せられるのか？）

《あぁ、可能だ。その分、武器の性能は落ちるがな》

（……分かった）

それだけ分かれば十分だ。

ハヤトは手元に短剣《たんけん》を生み出すと、石階段を静かに下る。ただでさえ音を消しているのに加えて【隠密】スキルの影響《えいきょう》でハヤトの挙動からは音が一つも出ない。

だが、弟子たちは違う。なので、ハヤトは二人を自分よりも僅かに遅《おく》れて歩かせて先を進んだ。

階段を下りる直前で止まると、短剣の刀身……その輝《かがや》きを鏡のように使用して、死角にいるモンスターの姿を探す。天原で見つけた弱者の生存戦略だ。

しかし、下りた先の廊下《ろうか》には敵の姿はない。もしかしたら城壁の中にはいないのかも知れない。そんなことを考えながら、ハヤトは澪とロロナに自分に続くよう指示を出して、廊下に出向いた。

石で作られた城壁の中は色味がとても薄《うす》く、ところどころに立てかけてある松明の光も弱い。本命の砦、それを守る壁《かべ》の中ということも相まってモンスターの数が少ないのかも知れない。

当たり前だが、ダンジョン内のモンスターの配置は一定ではない。探索者にとって人気になるような場所。例えば宝箱のある部屋や、階層主《ボス》部屋の近く。あるいは、ステータス上げに繋がる倒しやすいモンスターが出現しやすい湧《わ》きポイント。

そういう場所に偏重《へんちょう》して出現するのだ。

だが、だからと言って城壁の中にモンスターがいないとは限らない。ハヤトはそんなことを考えながら、一番近くにあった木製の扉《とびら》に手をかけた。がち、と音を立てて扉が鍵《かぎ》に阻まれる。

「あ、あの師匠。そんな勢いよく開けても大丈夫《だいじょうぶ》なんですか？　中にモンスターとかいるかも……」

「扉は静かに開けたってバレるからな。勢い良くやってダメなら逃げるだけだ」

　ハヤトはそう言いながら次の部屋に手をかける。

「それに安全圏《セーフエリア》はこういう場所によくあるんだよ」

　どうやら次の扉は鍵がかかっておらず、ハヤトたちを中へと迎《むか》えてくれた。しかし、部屋の中には簡単な木組みの机が一つと、椅子《いす》が四脚《きゃく》だけ。

「……何もありませんね」

「……いや。大当たりだ」

　しかし、ハヤトが見ていたのは部屋の壁面一列に走っている不可思議な模様。それが何を意味するのかは今のところ誰《だれ》も分かっていない。

　だが、その模様が走っている部屋にはモンスターが一体も入らない。それどころか、近づこうともしない。

　その部屋の名前を、

「ここが安全圏《セーフエリア》だ」

「えっ！　本当ですか⁉」

「ああ。ほら、壁に安全圏《セーフエリア》の模様があるだろ？」

「え、あ、これってそういうことだったんですか？」

部屋の中にある壁の模様を指差すと、澪が逆質問。

「他の階層も同じ模様だと思うけど……」

「言われてみれば確かにそうですね。全然意識したことなかったです……」

ぽつりと漏らした澪にハヤトはやや困惑《こんわく》。

この子、どうやって安全圏《セーフェリア》かどうかを判断してたんだろう、とは思ったものの心の中に飲み込《こ》んでおく。

「とりあえず……これで休めるな。ベッドとかあれば良いんだけど」

「……大丈夫。硬《かた》いところで寝《ね》るのは、慣れてる」

ロロナからの、心強いのか、それとも彼女の育ちを恨《うら》むべきか分からない言葉をハヤトはスルー。彼《かれ》にだってこういうのに触れれば火傷《やけど》をすることくらいは理解できるのだ。

「じゃあ、今日はここで休もう。色々あって、疲《つか》れてるだろうしな」

「……ん」

こくり、と縦に首を振ったのはロロナ。

『メルト・スライム』に飲《の》み込まれて呼吸が止まっていたはずのロロナは治癒《ちゆ》ポーションを飲んだおかげか、少しばかり元気に見える。本当だったら病院に連れていって精密検査などをするべきなのだろうが、こんな状況ではポーションの効力を信じるしかない。

「澪は、寝れそうか？」

「はい！　いつもロロナちゃんと一緒《いっしょ》に寝てるので！」

「それは良かった」

一方の澪はというと元気そうに見えるが、彼女はどんな状況でも元気に振る舞いがちなのでハヤトからすると、彼女の内心はよく分からないというのが本音だ。

「あの、師匠《ししょう》」

「ん？」

「さっき、モンスターに襲《おそ》われる前のことですけど何を言おうとしてたんですか？　ほら、生き延びるための二つの方法です」

「あぁ、あれか」

そういえばまだ一つ目の消極的な策しか喋《しゃべ》っていなかったな、と思いながらハヤトは続けた。

「二つ目は、この階層を攻略することだ」

「……攻略、ですか」

澪の呟《つぶや》きにハヤトは頷く。

「68階層を攻略すれば、外に戻るための『転移の宝珠』にたどり着ける。あれを使えば外に出られるはずだ」

はずだ、とハヤトが言ったのは確定情報ではないからだ。これまでの階層主《ボス》部屋を攻略後、次の階層の入り口には〝外〟に戻るための『転移の宝珠』が埋め込まれていた。だから、68階層も同じであるはずというハヤトの望みも混じっている。

それを弟子《でし》たちに悟《さと》られぬよう、ハヤトは二人に切り出した。

「……もう、今日は寝よう。そういう大事なことは明日考えれば良い」

「分かりました」

ハヤトの言うことには基本的に『イエス』でしか返さない澪はそう言うと、ロロナと一緒にどこで寝るかを話し始めた。

どこで寝るかも何も石の上しかないのだが。

《お前は寝られそうか？》

（天原で鍛《きた》えられたからな）

ハヤトは弟子たちと距離《きょり》を取り、壁にもたれかかるようにして腰掛《こしか》けた。その瞬間《しゅんかん》、緊《きん》張《ちょう》の糸が切れたのか、どっと疲れがハヤトに襲いかかった。

（……なぁ）

《どうした？》

（俺《おれ》は……とんでもないことをしたんじゃないのか）

そして、疲れとともに考えないようにしていた後悔が襲いかかってきた。自分の選択のせいで、弟子の命が二つも天秤《てんびん》にかけられてしまった。本来であれば守らなければならない存在であるにもかかわらず、こうして地獄《じごく》に連れてきてしまった。

それは全て、ハヤトがダンジョンの死を願ったから。

だから、ハヤトはヘキサに内心を漏らした。けれど、ヘキサはため息を一つついてから、

《今さらそれを言ったところでどうしようもないだろ》

（それは……そうだが）

《いまお前が考えるべきは後悔じゃない。生きてここから出ることだ》

（そんなこと……）

分かっている。ハヤトとて、それが正しい思考であることは理解できるつもりだ。

けれど、理解できているからといって『はい、そうですか』と気持ちを切り替《か》えられるほど人の心は単純ではない。

「師匠。お休みなさい」

「……寝る」

そんなことを考えていると、弟子たちから就寝《しゅうしん》の知らせ。

ハヤトは努めて笑《え》みを浮《う》かべて、二人に告げた。

「おやすみ」

彼女《かのじょ》たちは自分の命に替えても守らないといけない相手だ。

弟子とは、そういうものなのだから。

（……ダンジョンの中で二ヶ月か）

《どうした？》

（ヘキサ。助けは本当に二ヶ月で来るか？）

ハヤトの問いかけにヘキサは思案する。

彼が求めているのは楽観的な指標ではなく、極《きわ》めて現実的な数字。だとしたら、ヘキサはあらゆるリスクを考えて言葉にする。それが彼女自身の務めだと思っているがゆえに。

《来ないだろうな》

（……理由は？）

《まずダンジョンが送り込んだあのスライム。あの被害《ひがい》による捜索《そうさく》、救援に時間がかかるだろう。最低でも一週間はかかる。まぁ、理想の数字だな。ただ現実的な線を引くとするなら、街の破壊状況《はかいじょうきょう》を見るに瓦礫《がれき》の撤去《てっきょ》や復興だけで数ヶ月はかかるだろう。そうなると前線攻略者《フロントランナー》は、そちらに手を取られる。人一人で重機と同様の働きをする彼らがいるのといないのでは、被災者《ひさいしや》の救出にかかる時間が段違《だんちが》いだ》

（だろうな）

ハヤトは頷く。反論の余地などありはしない。

《そうすると当然、攻略ペースは落ちる。そもそもとして前線に入る人間がいないからな。それに加えてダンジョンがモンスターを〝外〟に送り込んだという事実がどう世論に反映されるかも分からない。ここまでダンジョンの産物が文明と絡《から》んでしまっている以上、攻略が取りやめられることはないと思うが……攻略に対する反感は買ってしまうだろう》

（そうすると、潜《もぐ》りづらくなる？）

《反対運動が起きると面倒《めんどう》なことにはなるだろうな》

（…………）

淡々《たんたん》と、ヘキサは『起きうる可能性』を積み上げていく。

《さらに50階層を超《こ》えてからモンスターやダンジョンの脅威度《きょういど》はさらに一段階あがる。これまで通りの攻略速度を出せはしないだろう。そういう悪い可能性を全て捨て去り、前線《フロント》攻略者《ランナー》たちがまっすぐ68階層を目指して……そうして、ようやくここに辿《たど》り着くのが最短で二ヶ月だ》

（……可能性はほとんどゼロか）

《ああ》

そうなると、助けが来るタイミングがいつになるのか。ハヤトには見当もつかない。ヘキサも何も言わない。彼女にも分からないのだ。あまりにダンジョンが引き起こした出来事が彼らの助けが来る可能性を下げ続けているのだから。

（ヘキサ。お前が〝外〟に向かって飛んでいってエリナに連絡《れんらく》できないか？　そうすれば、シオリあたりに話が行くと思うんだが）

《ん、言ってなかったか？　私はお前から十二メートル以上離れられないぞ》

（……初めて知ったよ）

ハヤトはため息をつくと、視線を弟子二人に向けた。

彼女たちも相当疲れていたのか、自身の防具をシート代わりにして横になって眠《ねむ》っていた。

（……だったら、攻略するしかないのか）

《それが最も早く、ここを抜け出せる方法であることは間違《まちが》いないだろうな》

ハヤトはヘキサの言葉に静かに頷いた。

それしか選択肢《せんたくし》がないのであれば、藁《わら》にもすがるしかないと思っていた。

ハヤトが目を覚ましたのは、それから数時間経《た》った後だった。どんな場所でも寝られるように鍛えられているとはいえ、石の上で寝たことによる身体のコリまでは解消しない。全身バキバキなので動かしながら、部屋の端《はし》にいる澪《みお》とロロナを見た。

澪もロロナも眠りに就いたときの体勢からほとんど変わっていない。寝相《ねぞう》良いんだな、とのんきにハヤトが考えたところで、ふと現実が急に襲いかかってきた。

ハヤトはポーチの中に入れていたスマホを取り出して時間を確認《かくにん》。当然、ダンジョン内部ということで電波は圏外《けんがい》だが、時計の機能くらいは使える。

時間は午前の二時。眠りに入ったのが夜の二十時前後だったので、六時間くらいは寝ていたことになる。

《スマホの充電《じゅうでん》、残しておかなくて良いのか？》

（残してたって何に使うんだよ）

《攻略アプリに情報を残したりとか？》

(68階層の？　それネットが繋《つな》がる場所にいかないと反映されないだろ)

探索者たちが使っている攻略アプリは、探索者たちが情報を更新《こうしん》することで成り立つ自由Ｗｉｋｉ方式である。当然、インターネットを使って更新する関係上、端末《たんまつ》がその環境《かんきょう》下《か》になければ更新できるはずがない。

一度、メモ代わりにスマホに攻略情報をあれこれ書いたは良いが充電切れで全て水の泡《あわ》になったハヤトからすれば忘れられない情報である。

ハヤトはスマホの電源を落とすと、澪やロロナを起こさないように部屋を後にする。

《どこに行くんだ？》

(水と食料の確保だ)

《モンスタードロップ狙いか？》

(明らかに食べ物落とさないだろ、あいつら……)

ハヤトが『あいつら』と言ったのは哨戒中の騎士たちである。ドロップアイテムは、モンスターの見た目に依存《いそん》することが多い。例えば獣《けもの》系のモンスターなら、毛皮や牙《きば》などの素材だし、稀《まれ》に肉や骨などもドロップする。

だが、これが人型になると話が変わってくる。そのモンスターの持ち物であったり、関連してそうなものが頻繁にドロップするのだ。間違っても人型モンスターの眼球やら内臓やらはドロップしない。

それに、仮にドロップしたところでハヤトはともかく、あの二人が食べられるかどうかはいささか疑問が残るものである。

（だから、他の方法を探すんだ）

《他と言ってもダンジョン内部で食べられるものがモンスター以外に出てくるなんてあったか？　水は……まぁ、川でも海でもあると思うが》

（これだけ人型のモンスターがいる砦《とりで》だ。もしかしたら、どこかに食料庫があるかも知れないだろ？）

《……ほう》

ハヤトの言葉に、ヘキサは少し彼を見直したように目を見開いた。

《なるほど。その可能性はあるな》

（だろ？）

《問題は人が食べられる食料があるかどうかだが……》

（それは見つけてから考えよう）

《もし食料庫が無かったらどうするんだ？》

（モンスターを食べる）

《………》

すかさず返ってきたハヤトの言葉に、ヘキサは出す言葉が無く黙《だま》りこんだ。しかし、ハヤトは本気の本気。それも二年間、生活費を削《けず》るためにモンスターを食べ続けてきた生活の知恵《ちえ》からの発言である。

そもそもハヤトが何よりも水と食事を最優先で確保しに行っているのは、その時の地獄みたいな経験があるからだ。栄養失調と水分不足は探索を続けていく上で何よりも避《さ》けなければならないことである。

《水はどうするんだ？》

（食料庫があれば、水を貯《た》めてるところもあると思うんだけどな。無ければ川を探さないと……）

ハヤトはやや困ったように返す。

雨水や川の水をお手製の濾過《ろか》装置を使ったり、煮沸《しゃふつ》消毒をしたりして実際に無限に手に入っていた〝外〟と違《ちが》って、ダンジョン内では雨が降るか、川が流れているかは階層に依存してしまう。だから、水が手に入らないのが一番の問題になるのだ。

そんなことを言いながら、ハヤトは同じ階の部屋を片《かた》っ端《ぱし》から開けていく。鍵のかかっている部屋が半分。残りの半分はどれも空室だった。

「まぁ、そんなもんだよな」

《ここは一番上の階だろ？　食料庫って一階とかじゃないのか》

（え？　そうなの？）

《食べ物は重いからな。移動に手間がかからない場所に置くものだと思うが。それに、あるとしたら砦の方だと思うんだがな》

ヘキサがそう言いながら指さしたのは、城壁にそれぞれ空けられた狭間《はざま》――銃《じゅう》や弓矢を放つ場所から見える大きな砦。

月光と松明の光でしか照らされていないので全貌《ぜんぼう》は未《いま》だに掴《つか》めないが、城壁から砦に向かうまでは『インフェリア・ナイト』たちが集団で警戒に当たっているし、それだけではなく騎士《きし》たちの中央に立つ重装の騎士も見えた。明らかに上位モンスター。

……厄介《やっかい》だな。

〝【隠密】【一撃必殺《ハイドアンドシーク》】【変影万華《へんえいばんか》】をインストールします〟

〝インストール完了《かんりょう》〟

ハヤトが目を細めて砦を見ていると、声が響《ひび》く。ハヤトは短剣を生み出して、モンスターとの対敵に備える。

前の戦闘から【スキルインストール】が入れるスキルが、これまでの真正面からモンスターを撃破《げきは》するようなものではなく、影に潜んで不意打ちを推奨《すいしょう》するようなものばかりになっていることが、モンスターとハヤトの実力差を如実《にょじつ》に現しているようで思わず苦虫を噛《か》み潰《つぶ》した表情を浮かべてしまう。

（なら呰に行ってみるか？）

《お前が戻《もど》って来れるのならありだと思うぞ》

（……ちょっと試《ため》してみたいことがあるんだ）

ハヤトがそう言って螺旋《らせん》階段に足をかけた瞬間、目の前に甲冑《かっちゅう》が見えた。

「……ッ！」

息を呑《の》んだ瞬間、『インフェリア・ナイト』よりも体躯《たいく》が二回りほど大きなモンスターが一瞬《いっしゅん》でハヤトとの距離を詰《つ》める。階段下からの神速の正拳突《せいけんづ》き。しかし次の瞬間、ハヤトの身体はどろりと液状になると、騎士の影の中にどぷんと落ちた。

『Ｒｕ⁉』

騎士が困惑の声を上げた瞬間、ハヤトが影の中から手を伸《の》ばして騎士の足を掴む。ハヤトが使っているスキルは【変影万華】。自らの身体を影に変え、影に潜むことが出来る特《とく》殊《しゅ》スキル。

影に潜んだ状態のまま甲冑の騎士を斬《き》りつけるが、ガッ！　と、高い音を立ててナイフが弾《はじ》かれる。

「……ッ！」

体躯の大きな騎士は甲冑に弾かれたナイフを蹴《け》り飛ばす。バキ、と音を立てて刃《やいば》の中央が折れたナイフの刀身が宙を舞う。だが、その間にハヤトは再び影の中に沈《しず》みこんで体勢を立て直すと、再び短剣を生成。

しかし、今度は全くの別。剣《けん》の切れ味は敢《あ》えて落とし、その代わりに付与《エンチャント》する特殊効果は相手の体力《HP》を一定確率で削る『残火』属性。再び影の中から姿を現すと同時に甲冑を斬りつける。

ギィインッ！

再び鎧《よろい》に弾かれ、ハヤトの手元にはビリビリと金属を殴《なぐ》りつけた感覚だけが残る。しかし、ごう、と騎士の甲冑に熱がほとばしる。ハヤトはそのまま影の中に沈み込んだが、ここで想定外の出来事が。

（……熱ィッ！）

騎士を襲っているはずの熱が影に潜んでいるハヤトまで伝わってきたのだ。しかも最悪なことに自身のＨＰが一定確率で削られている感覚まである。

「くそッ！」

早々にハヤトは影から脱出《だっしゅつ》すると同時。ハヤトを襲っていた熱が消えた。だが、脱出してからも不幸は続く。ハヤトが出現したのはモンスターの下側。彼にとって不利な状態での出現。

しかし、そんなことよりも思わずハヤトの口から漏《も》れたのは、

「影の中に居ると状態異常が連動すんのかよ……」

《麻痺《パラライズ》とか睡眠《スリープ》を使わなくて良かったな》

想定外のデメリット。それにハヤトは顔をしかめながらも、モンスターの拳《こぶし》――その突《つ》きを回避《かいひ》。次いで右足の蹴りも後ろ側に飛ぶことで回避。『残火』属性はモンスターのHPを確かに削る。

しかし、届かない。それだけでは火力が足りない。そして、完全に0にすることもまた、できない。だからだろうか。騎士はそのまま拳の連撃。ドドッ！　と、空気の潰れる音が響くと同時に螺旋階段の壁を撃《う》ち抜く。

だが、それでもハヤトを捉《とら》えることができない。

理由は簡単。その拳を振る速度が、草薙咲桜《くさなぎさくら》よりも遅《おそ》いから。

けれど、だからと言って避け続けるのもいずれは限界が来る。特に螺旋階段のような狭《せま》い空間では。どこかで一矢報《いっしむく》いる好機を探《さぐ》り続けていたハヤトだったが、その好機は見つ

けることができず、どんどん下に下に追い込まれる。

しかし、甲冑の騎士はハヤトを階下にまで押《お》し込んだ瞬間、突如《とつじょ》として反転。階段から脱出すると、凄《すさ》まじい勢いで廊下を駆《か》けた。

「なんで⁉」

ハヤトの疑問ももっともだが、今は考えている場合ではないとハヤトは追走。手元に長針を三本生み出すと、背中を見せる騎士に向かって投擲《とうてき》。二本が外れたが、最後の一本が左足の膝《ひざ》裏に突き刺さった。

だが、倒《たお》れない。68階層のモンスターは、その程度で倒れるほど甘《あま》くはない。騎士はそのまま扉を破《は》壊《かい》する勢いで部屋に飛び込む。ハヤトも遅れてそこに飛び込む。

刹那《せつな》、ハヤトの両目に飛び込んできたのは大きな水瓶《みずがめ》と、そこに桶《おけ》を突っ込んで水を浴びる騎士の姿。ハヤトが静止するよりも先に、じゅうう、と音を立てて騎士の『残火』状態が解消した。

「……やられた」

《……だが、好機だ》

ハヤトは静かに頷く。好機、と言ったのは騎士に隙《すき》を見つけたからではない。

もっと大事なもの。

こんな形で見つけるとは思っていなかったが、ちゃんと水を見つけることができたからだ。後は騎士を倒し、生き延びて、水を持ち帰るだけだ。

だからこそ、ハヤトは騎士に向き直った。

(第二ラウンドだ)

《気合充分《じゅうぶん》だな》

(入れなきゃやってられねぇよ)

ヘキサの軽口に返しつつ、ハヤトは地面を蹴る。狙《ねら》いは一つ。甲冑の騎士。その身体。未だに有効打を一つとして与《あた》えられておらず、削ったHPは『残火』属性によるものだけ。

〝【一撃必殺《ハイドアンドシーク》】を排出《イジエクト》〟

〝【身体強化Lv5】をインストールします〟

〝インストール完了〟

それでもハヤトは地面を蹴る。目の前にいる甲冑の騎士は素手《すで》で飛び込んできたハヤトに狼狽《ろうばい》。先ほどのように逃《に》げ回ることもせず、影に隠《かく》れることもせず、短剣を構えもしないハヤトに一瞬だけ虚《きょ》を衝《つ》かれる。

その間にねじ込む一瞬の高火力。自壊《じかい》を伴《ともな》わない草薙《くさなぎ》の技。

「――『星穿《うが》ち』ッ！」

キュドッッッツツツツツツ！！！！

刹那、ハヤトの全力が炸裂《さくれつ》した。

最も良い角度に【身体強化Ｌｖ５】が載《の》った神速の一撃によって、甲冑の騎士は音を置き去りにして吹《ふ》き飛ばされる。壁面《へきめん》に直撃《ちょくげき》、鎧が粉々になって砕《くだ》け散った。しかし、それでも動きを止めない。

だが、それはハヤトとて予測済み。

ビリビリと痺《しび》れの残る腕《うで》のまま、今度こそちゃんとした短剣を生み出して砕け散った甲冑、そこから見える生身の身体に大きく突き刺《さ》した。

バヅッ！　肉を貫《つらぬ》く感触《かんしょく》がハヤトの両腕《りょううで》に深く響く。さらにそこから騎士の心臓に向かって大きくナイフを跳《は》ね上げた。

びしゃ、と真っ赤な血がハヤトに返るが……その血はすぐに黒い霧《きり》になっていく。

「……ふぅ」

返り血の付いた頬《ほお》を拭《ふ》く。拭いた端から霧になっていく。

そして騎士の後には何も残っていなかった。

（……ドロップアイテムは無しか）

《いや、お前……これは凄《すご》いぞ。さっきのは『プレデッサー・ナイト』。『インフェリア・

ナイト』よりも数は少ないが手数の多さと体力の多さで探索者たちの攻略を阻《はば》む強敵だぞ》

（あぁ……さっきのやつより、強かった）

ハヤトは壁に残った『プレデッサー・ナイト』の衝撃痕《しょうげきあと》を眺《なが》めながら小さく漏らす。『残火』属性によりHPを削り、相手の隙をついて叩《たた》き込んだ万全《ばんぜん》の『星穿ち』。それでも届かなかったので、ダメ押しの短剣。

相手が一体だったから良かったものの『インフェリア・ナイト』のように複数いたら、安全圏《セーフエリア》に逃げ帰るしか道はなかったかも知れない。

されど、災《わざわ》い転じて福となす。

「おっ、この水。普通《ふつう》に飲めそうだぞ」

《モンスターが使ってたやつだぞ？　大丈夫なのか？》

「飲み水に使うから桶を使ったんだろ？　水浴びとかに使うならそのまま水瓶に飛び込んでるはずだ」

ハヤトが指しているのは大きな水瓶。先ほど『プレデッサー・ナイト』が『残火』属性を解除するために使った水が瓶《かめ》いっぱいに入っている。

これが飲めるのであれば、水の問題は解決する。ハヤトは先ほど騎士が使っていた桶で水をすくい取ると口に運んだ。

《えっ、そのまま⁉》
これにはヘキサもびっくり。
だが、ハヤトは水を嚥下《えんげ》してから頷《うなず》いた。
「うん。美味《うま》い」
《いや、お前……》
「何かあってもロロナの【治癒魔法《ちゆまほう》】があるからな」
《まぁ、それはそうかも知れないが……》
思わぬハヤトの行動にドン引きするヘキサだが、ハヤトはけろりとした表情。そもそもハヤトは二年間の悪食《あくじき》の結果、並大抵《なみたいてい》のことでは腹を壊《こわ》さなくなっている。
ハヤトはその顔のまま水瓶を見て、渋《しぶ》い顔になった。
「……にしてもこれ、安全圏《セーフエリア》には入らないだろうな」
《この大きさなら無理だろう》
気を取り直したヘキサはそれに首肯《しゅこう》。
二人が何を話しているかというと、水瓶を澪とロロナが眠ったままの安全圏《セーフエリア》に持ち運べないかということだ。そうすればある程度の水分は確保できる。水が確保できれば生存率がぐっと上がる。

いわゆる、サバイバル術における三の法則というものだ。

空気がなければ三分間、水がなければ三日間、そして食べ物がなければ三週間で人は死ぬ。そうであるからこそ、水の確保は最優先だったのだ。

そして、それを達成した以上、次に狙うべきは食べ物である。

ハヤトは水瓶の置かれた部屋の窓から月の光を反射する巨大《きょだい》な砦を眺めた。

「ちゃんと食料庫があれば良いんだけどな」

《人が食べられるものならな》

「水も飲めたんだから大丈夫だろ」

楽観的にハヤトは返すと、ぽつりと漏らした。

「これだけ巨大な砦。どっかと戦争でもしてんのかな」

《うん？》

「いや、なんか……」

ヘキサに聞かれてハヤトは砦から視線を外した。

「これだけ大きな場所だろ？　それにモンスターも凄く警戒《けいかい》しているからさ。どっかと戦争でもしてるんじゃないかと思ってさ」

《ふむ……。つまり、騎士たちに敵対するようなモンスターがこの階層にはいると？》

「可能性あるだろ」

ハヤトの問いかけに、ヘキサは考え込んだ。

モンスターに敵対するモンスターの存在は、珍《めずら》しいものではない。例えば23階層『熱帯林』エリアではモンスターの食物連鎖《れんさ》がしっかりと形成されている。

樹木のモンスター。それを捕食《ほしょく》する草食系のモンスター。そして、それを捕食する肉食系のモンスター。しかし、それらの死体を分解する昆虫《こんちゅう》系のモンスターが存在しないのは、モンスターの身体が死んだ後に残らないからだろう。

階層ごとに千差万別《せんさばんべつ》であるダンジョン内ではそのような光景が見られることもある。

だから、ハヤトはそう考えたのだが……。

《攻略《こうりゃく》にくる探索《たんさく》者たちを警戒しているようにも見えるがな》

「これだけ念入りに？」

《モンスターが探索者を警戒するのは何もおかしくないと思うが》

ヘキサはあまりその考えに乗り気ではないようで、淡々と可能性を否定。

ハヤトもそれ以降は特に追及せず、水瓶の部屋を後にした。

《乗り込むのか？　砦に》

「あぁ、行ってみる」

「茶化《ちゃか》すなよ。俺だって飯がなければ死ぬんだ」

《弟子思いだな》

《お前はモンスター喰えるだろう》

「………………」

返す言葉もなくハヤトは廊下《ろうか》から螺旋階段を下って、一階に降り立つ。降り立つ先はすぐに広場。先ほどから騎士たちが四体一グループになって夜警を行っている場所である。

ハヤトは【隠密《おんみつ》】スキルを使ったまま、階段から少しだけ身を乗り出してモンスターたちがやってくるのを息を殺して待つ。

モンスターたちが持っている松明《たいまつ》の光が階段の中に差し込む。その瞬間、ハヤトは【変影万華】を発動。どぷ、とモンスターの影に入り込む。

《上手《うま》くやったな》

(このまま砦まで行く)

影の中に入ったハヤトをモンスターたちは捕捉することなく、広場の中をぐるりと歩き続ける。歩き続けながら、ふとハヤトは考えた。

……なんでこいつら中を警戒してんだ?

外からの侵略《しんりゃく》を警戒するのであれば広場を歩き回っても意味がない。むしろ、ハヤトたちが侵入《しんにゅう》経路として使った砦の城門の上から警戒した方が効率的だ。

しかし、ハヤトたちが〝外〟から中に入った時に、それを警戒したモンスターたちと出会うことは無かった。まるで、〝外〟からの侵入など意識してないかのように。

その理由をハヤトが少し考えていると、

《おい。そろそろだぞ》

（分かってる）

思念体であるヘキサが城へ入るタイミングを通知。ハヤトはそれに頷くと同時に綺麗《きれい》なひし形の隊列を組んで歩くモンスターの影を泳いで最後尾《さいこうび》に移動。

そして、砦の入り口に近づいた瞬間に夜闇《よやみ》に紛《まぎ》れる形で脱出。ざぶ、と影の中から頭を出すが、騎士たちがそれに気がつく様子はない。異変のないまま繰《く》り返される夜警に気が緩《ゆる》んでいるのか、ハヤトの【隠密】スキルの効果か。あるいはその両方か。

ハヤトはそれ幸いとそのままに砦の中に入った。

砦の中は大きな吹き抜《ぬ》けになっており、その中を階段が四方八方に渡《わた》っている。まるで蜘蛛《くも》の巣のように。しかもその数が尋常《じんじょう》ではない。階段の数はおよそ百を超えているように見える。

明らかに異常な建物。

不可思議な建築物に入った瞬間、冷たい風が吹き抜けた。

（……寒いな）

《何かいるのか……？》

まるで炎天下《えんてんか》の夏の空の下から、急に強い冷房《れいぼう》が利《き》いている室内に入ったかのような温度変化。それにハヤトが違和感《いわかん》を覚えた瞬間、階段の陰《かげ》にモンスターを見た。

ハヤトは咄嗟《とっさ》に柱にその身体を隠す。

だが、次の瞬間——ドンッ！　と、何かが落ちてくる音。【隠密】スキルを使いながらハヤトが影からその顔を覗《のぞ》かせると同時、そこに見えたのは黒塗《くろぬ》りの長剣《ちょうけん》。

《ハヤトッ！》

「……ッ！」

灯《あか》りがほとんど存在しない室内で、刃の煌《きら》めきを敵対者に見せぬよう黒く塗《ぬ》られた長剣に気がつけたのは、ハヤトの幸運。

眉間《みけん》を狙うように伸ばされたそれをハヤトはバック転の要領で回避すると同時に、反転最中に剣を蹴り上げる。だが、その足に返ってきたのは、まるで壁《かべ》でも蹴ったかのような重たい感触。

ビリビリと震《ふる》える足で立つと同時にハヤトが見たのは、骸骨《がいこつ》の仮面を被《かぶ》った騎士。

否。骸骨の仮面ではない。彼《かれ》らは文字通り、骸骨《スケルトン》である。

「……厄介だな」

ハヤトは騎士から距離を取りながら、その右手に握《にぎ》られている黒塗りの剣を見る。見るのだが……大変、見づらい。景色に馴《なじ》染んでいる黒は刃の長《リーチ》さを鈍《にぶ》らせ、否応《いやおう》なくハヤトに冷《ひ》や汗《あせ》を流させる。

《『モルトノス・ナイト』か……》

（騎士しかいねぇのかよッ！）

ハヤトは内心で咆哮《ほうこう》。叫《さけ》ぶと同時に、【スキルインストール】が響いた。

〝【隠密】を排出《イジェクト》〟

〝【暗姫《あんき》の寵愛《ちょうあい》】をインストールします〟

〝インストール完了〟

その声を聞くと同時に、ハヤトは手元に白銀の槍《やり》を生み出す。【暗姫の寵愛】はダンジョンが『夜』である時に全体的なステータス補正および、スキル効果をプラスする自動発動《パッシブ》スキル。

槍を片手に踏《ふ》み込《こ》んだハヤトの突きを骸骨騎士《モルトノス・ナイト》は舞《ま》うように回転。黒塗りの刃で弾くと同時に距離を詰める。それを振《ふ》り払《はら》おうとしたハヤトの槍を左手で掴み、一瞬の隙を生み出すと同時に刃を穿つ。

右肩《みぎかた》に食《く》い込む鈍い痛みを感じながらハヤトは槍を霧散《むさん》。黒い霧となって槍が散ると、ハヤトの手元には短刀が握られている。それも意趣返《いしゅがえ》しも込めて黒塗りに。

果たして眼球の無いモンスターに対して黒塗りの刃による混乱が有効なのか分からぬまま、ハヤトは前に踏み込んだ。

治癒《ちゆ》ポーションの回復効果を見込《みこ》んだ捨て身にも似た攻撃《こうげき》に、骸骨騎士《モルトノス・ナイト》は僅《わず》かに半歩。後ろに下がった。その瞬間を狙うようにしてハヤトが短刀を振るうが、骸骨の頭を僅かに切り裂《さ》くに過ぎない。ジャッ！　と、頭蓋骨《ずがいこつ》を刃が滑《すべ》る特徴的《とくちょうてき》な音が響くのを聞きながら、ハヤトは左足を軸《じく》にして回転。

骸骨騎士《モルトノス・ナイト》の槍避《やりよ》けと同じ動きで右肩に食い込んだ刃を引き抜きながら、短刀を骸骨騎士《モルトノス・ナイト》の鎧に突き刺す。だが、鎧の強度に勝てず短刀が砕け散る。

「……ッ！」

通じない。どこまで行っても今の自分のレベルでは、この騎士たちには通用する武器を生み出せない。

だからこそ、天原《あまはら》ハヤトは武器を捨てる。

「――『星穿ち』」

二戦連続での『星穿ち』。自壊要《じかいい》らずの乾坤一擲《けんこんいってき》。

その打撃《だげき》は骸骨騎士《モルトノス・ナイト》を強《したた》かに捉えると、木っ端微塵《こっぱみじん》に打ち砕く。全身をバラバラに散らばらせて、その骨がバラバラになって地面を転がっていく。

だが、黒い霧にはならない。

「こいつ、自分から……ッ！」

ハヤトの一撃がその身体を捉える寸前、骸骨騎士《モルトノス・ナイト》は敢えて身体を四散させた。その威力《いりょく》を殺す最も効果的な手段として。その代わりにハヤトが捉えた胴体《どうたい》の鎧は大きく凹《へこ》み、弾《だん》性《せい》限界を超えて破裂《はれつ》。まるでそこだけ大砲《たいほう》でも喰らったかのように大穴を空けた。

『Ｈｙｕ……』

まるで操《あやつ》り人形《にんぎょう》のように身体を戻した骸骨騎士《モルトノス・ナイト》は人間の吐息《といき》のように声を漏らすと、腕の鎧を捨てた。

そのモンスターの姿は、まるで腐《くさ》りかけの死体のよう。胴体には紫色《むらさきいろ》の屍肉《しにく》が残り、腕の先や、先はどから見えていた頭は完全に白骨化している。

〝【暗姫の寵愛】を排出《イジェクト》〟

〝【魔祓《まはら》い】をインストールします〟

〝対象に適正を確認〟

〝スキルに補正がかかります〟

〝インストール完了〟

唯一《ゆいいつ》、ハヤトに魔祓いの才能を認めている【スキルインストール】が、骸骨《アンデット》に対する特効スキルをインストール。

「来いよ」

ハヤトは再び白銀の槍を生み出しながら、モンスターを誘《さそ》う。

果たして、その言葉が通じたのだろうか。鎧を脱《ぬ》ぎ捨て、身軽になったモンスターは荒々《あらあら》しく長剣を構え直すと地面を蹴る。そして、蹴ると同時に踏み込んだ足が深く飲《の》み込まれた。

そのハヤトの直線上の背後を、四体の騎士たちが歩いて抜ける。騎士たちの手には松明。それに照らされ、長く伸びるハヤトの影。【スキルインストール】は未だ【変影万華】を排出《イジエクト》していない。

そうであるならば、ハヤトはその影を自在に操れる。自分が影に沈んだように、モンスターの身体を沈ませることもまた、可能である。

「……はァッ！」

ハヤトの影がモンスターを捉えた瞬間《しゅんかん》に、ハヤトの槍が骸骨騎士《モルトノス・ナイト》の頭蓋《ずがい》を撃ち抜く。ガガッ！　と、槍の穂先《ほさき》が頭蓋骨の丸みを滑る。真正面から打ち砕くつもりだったハヤトはその骨の強度に歯噛《はが》み。槍を反転。石突《いしづき》を使って、骸骨騎士《モルトノス・ナイト》の頭を砕く。

そのままの勢いで槍を振り下ろそうとした瞬間、骸骨騎士《モルトノス・ナイト》は影に囚《とら》われたままの足を外すと大きく後ろに跳躍《ちょうやく》。

仕切り直しか、と状況《じょうきょう》優勢のハヤトが警戒した瞬間、骸骨騎士《モルトノス・ナイト》はそのまま逃げ出した。

「あッ！　おい、逃げるなッ！」

《止まれハヤトッ！　追撃《ついげき》するなッ！》

逃げ出したモンスターをそのまま追いかけようとした瞬間、ヘキサの『待った』が発令。

ハヤトは無理やりその動きを止めた。

「なんで止めるんだよ！　もう少しで倒せそうだったのに！」

《馬鹿言うな。モルトノス・ナイトは怨霊《おんりょう》の騎士。二段階目がある》

「……階層主《ボス》じゃないのに？」

《階層主《ボス》じゃないのに、だ。命を二つ以上持つモンスターは50階層から出現する。あのモンスターもその内の一体。一段階目でギリギリの戦いをしているお前があの後を追いかけたところで、二段階目で殺されるのが落ちだ》

「それ、もっと早く言ってくんね？」

《戦っている最中に口を挟《はさ》まれる方が嫌《いや》だろう》

「それはそうだけどさ……」

ヘキサの言葉になんとも言えない表情で返すハヤト。早めに真実を告げられたからといって、それを踏まえた戦い方が出来るかと言われれば素直《すなお》に首を縦に振れないのも事実だ。

だからハヤトはため息をつくと、ポーチから治癒ポーションを取り出して飲んだ。とはいえ、二段階目があると知っていたら怪我《けが》するような戦い方は選ばなかったが。

《どうする？　このまま食料庫を探すか？　あまり一筋縄では行かなそうだが》

「ん」

ヘキサが直上を見上げるのにあわせて、ハヤトも視線を持ち上げる。

そこには先ほどと同じように蜘蛛の巣のように張り巡《めぐ》らされた階段が三次元的に広がっていて、

「食料庫があるのは一階だけだろ？　だったら、そこを重点的に探せば良いんじゃないの」

《それも手だとは思うが……》

ヘキサはハヤトの言葉を飲み込みながら、モルトノス・ナイトが消えていった暗闇《くらやみ》を見る。

《この調子だと罠《トラップ》が仕《し》掛《か》けられているとかありそうだが》

「ありそうだな」

ハヤトはヘキサに返しながら、ためらうことなくその暗闇に向かって歩いていく。罠《トラップ》が仕掛けられているとしても、ハヤトは進むしかない。そうしなければ、死ぬのは自分たちなのだから。

結論から言うと、砦の中に食料庫は存在しなかった。ハヤトがくまなく探索したのは一階部分。そこには拷問《ごうもん》部屋や、武器庫のような部屋はあったものの、食料を保存している部屋や水瓶の部屋は無かった。

《もしかして骸骨だから食事が要《い》らないのかも知れんな》

（あ、そういうこと？）

ハヤトは砦に来た時と同じように騎士たちの影に隠れて、弟子《でし》たちが待つ城壁《じょうへき》の安全圏《セーフェリア》に戻る。そろそろ夜明けという頃合《ころあ》いで、夜の闇もより一層深みを増す。

（だとしたら食料庫は城壁の方か？）

《その可能性もあるとは思うが……。そもそも、最初から食料庫が無いのかも知れない》

（嘘《うそ》だろ？）

《いや、可能性としては考えられる。ここはダンジョンだ。水瓶の水は探索者たちの使う状態異常への対抗《たいこう》ギミックとして用意していたが、食料については対抗する必要がないか

ら置いていない》

（これまで状態異常に対抗するモンスターなんていなかったけど？）

《ここは50階層より下だぞ》

（……なるほど）

ハヤトは影から飛び出して、城壁の階段に足をかける。そのまま思考を走らせるが、どうにも一理あるように思えた。これまで攻略してきた階層よりも深く、普通のモンスターにも階層主《ボス》と同じように二段階目が存在する場所。

だとすれば、モンスターたちが状態異常に対抗するためにギミックを用意していてもおかしくはない。探索者たちだって毒を使うモンスターと戦う時には毒消しを用意する。

それをモンスターはしてこないという保証なんてどこにもないのだ。

一難去ってまた一難。

今度は食料という問題に直面したままハヤトは安全圏《セーフエリア》に戻った。

「……ん」

「……む」

部屋に戻ると弟子二人の寝息《ねいき》が聞こえてきた。

雑魚寝《ざこね》している二人を見ればハヤトが部屋を出たときから寸分たがわぬ格好で横になっ

ている。

《寝相《ねぞう》、良いんだな》

（俺《おれ》も良いけど？）

《張り合うな》

ハヤトは眠《ねむ》ったままの弟子を起こさないように、そろそろと隅《すみ》の方に移動してゆっくりと腰《こし》を下ろした。

モンスターとの連戦、地図もない階層の探索、慣れないスキルの使用。

それは思っていたよりもハヤトの身体を蝕《むしば》んでおり、じくじくと関節と筋肉が傷《いた》んだ。

《しばらく寝《ね》ると良い。二人もまだ眠っているだろう》

（……あぁ、そうだな）

ハヤトは防具の外套《コート》を脱ぐと、ブランケット代わりに自分の上に載せて目を瞑《つぶ》った。睡《すい》魔《ま》はすぐに襲《おそ》ってきた。

彼が見る悪夢はいつも同じものだ。

天原にいた時、自分が何者でもないのだと突きつけられ、家から追い出された。いつも決まってその時の夢を見る。

だから、今のハヤトが見ていたのは全く同じ夢だった。

『お前……。本気でやってこの程度なのか？』

見上げるような偉丈夫《いじょうふ》。身長だけで二メートル近くある大男は、ハヤトの父親。

そんな彼が眺めているのは、ハヤトが『星走り』で殴りつけた大岩。幼いハヤトの技は今以上に稚拙《ちせつ》で、腕からは血が滴《したた》り骨が折れていた。彼の身体が、それに耐《た》えられない。

しかし、それだけの死力を振り絞《しぼ》ってなお、岩にはヒビの一つしか入れられない。

『……これでは、とてもじゃないが使い物にはならんな』

深く、心の底から落胆《らくたん》したようにため息をつく。

『どうして当たり前のことができないんだ。アマヤも、アマネも、七つでこの程度のことはできていたぞ』

自分より歳下の弟や妹は、今の自分より大きな岩を砕いていると何度も父親から聞かされた。

父親が困っているのを見て、ただハヤトはうつむくことしかできない。

『ごめんなさい』

『謝《あやま》る暇《ひま》があったら少しは上達したらどうなのだ。異能の技も使えず、天原の技も一つしか使えず……一体、お前は何だったら出来るのだ』

『……ごめんなさい』

謝ってもどうしようもない。誰《だれ》よりも己《おのれ》の無能が分かっているから。

けれど、謝らないと心の持ちようが分からない。

『もう良い。お前の謝罪は聞き飽《あ》きた。その身体の脆弱《ぜいじゃく》さも、精神の幼さも、全くもって誰に似たのやら』

『…………』

返す言葉を持たず、頭を下げる。

逃げ出したいのに逃げ出した先に何があるかも分からない。だからハヤトはこうして、頭を下げるしかない。頭を下げて、心の中で祈《いの》るのだ。

誰か俺を助けて、と。


「……ッ！」

目を開くと目の前に澪《みお》がいた。

あまりに顔が近く、思わずハヤトは口移しでポーションを飲まされたことを思い出して距離《きょり》を取る──はずだったのだが、すぐ後ろが壁で頭を打った。

「み、澪……？　どうした？」

「どうしたもこうしたもないですよ！　師匠《ししょう》がうなされてるから！」

「いや。ちょっと嫌な夢を見て……」

「嫌な夢……。ユイさんに刺される夢ですか？」

真顔で告げられハヤトは一瞬、言葉を失った。

「ユイのことそんな風に見てんの？」

「やりかねないと思ってます」

本人が聞けば激怒《げきど》しかねない発言だが、幸か不幸か本人はそこにおらず。

ハヤトは窓から差し込む朝日に目を細めながら自分の上に載っていたコートを手に取りながら、身体を起こした。

「もしかして結構寝てた？」

「気にして……ない。ハヤトは、夜にどこかでかけてた」

「……気がついてたのか」

ロロナの言葉にハヤトはちょっと顔をしかめる。

しかし、ロロナはハヤトの表情の変化を気にせず、こくりと頷いた。

「うん。眠りが、浅くて……」

「地面が固くて寝られなかったんです」

澪も続ける。

弟子たちを起こさないようにとカッコつけたのだが、それがバレていたことにちょっとしたバツの悪さみたいなものを覚えつつ……ハヤトはコートを着直した。

「起こしたのは悪かった。俺も眠れなくて、水を探してたんだ」

「水ですか？」

「あぁ。ただ運の良いことにちょうどこの下にあった」

そう言ってハヤトは階下を指差す。

それに合わせてぱっと表情を明るくする澪。

「本当ですか！　水飲み放題なんですか！」

「飲み放題……かどうかは分からないけど、三人なら飲みきれないくらいあるぞ」

《それは飲み放題じゃないのか》

ヘキサのツッコミをハヤトは無視。

「ただ安全圏《セーフェリア》じゃないけどな」

「……む」

ハヤトがそう言うと、ロロナが僅かに表情を硬くした。

「水……飲むまで、モンスターに会うの？」

「可能性はある」

「……むむ」

ロロナが唸《うな》る。

だが、唸るのも当たり前だ。まずロロナも澪も自分たちがハヤトより弱いことを自覚している。自覚した上で、ハヤトが68階層のモンスターに勝てなかったところを見てしまっている。

そんな中、彼女《かのじょ》たちが68階層のモンスターと出会うのはそのまま死ぬことを意味する。水を飲むリスクとモンスターと出会うリスクを天秤《てんびん》にかけた時、それが果たしてどちらに傾《かたむ》くのか。

「とはいっても二人だけで水を取りにはいかせない。俺もついていく」

「……それなら、安心」

ロロナがほう、と息を吐《は》き出すが安心と言われた側のハヤトは内心では少し苦い顔。この階層のモンスター一体も満足に倒せていない中で、弟子から寄せられる信頼《しんらい》に応えられる自信が今の彼にはない。

しかし、それでもそんな内心をそのまま吐露《とろ》するほど彼は子供でもない。今、この場で狼狽《うろた》えたところでいたずらに混乱を増やすだけなのだ。

そうだとしたら、ハヤトは務めて気丈《きじょう》に振る舞うしかない。

「ただ食料の方が見つからなくて……」

「食料、ですか？　ご飯ってダンジョンの中にあるんですか？」

「水があったからな。モンスターたちが食べるようなものがあるんじゃないかと思ったんだけど……見つけられなかった」

「……そういうことですか」

　ハヤトの言葉に澪も渋い顔をする。

「だから食事の方はモンスタードロップを狙う。偶《たま》に肉とか落とすモンスターがいるからな」

「あ、獣《けもの》系のモンスターですよね！　この前、６階層で『ホーン・ラビットのお肉』が出たんでロロナちゃんと食べたんです！」

「話が早くて助かるよ」

　ここで話しているのは、あくまでもモンスターのドロップアイテムである食料のことだ。まかり間違《まちが》ってもハヤトが二年間で食べていたモンスターの肉そのものではない。

「でも、ハヤト。肉を落とすモンスターは、獣だけ。この階層に……いるの？」

「……」

　ロロナの質問にハヤトは無言で肩《かた》をすくめた。

獣系のモンスターがいるかどうかなど、ハヤトが知っているわけがない。だが、それにすがるしかないのも確かなのだ。

もしこの場所に獣系のモンスターがいなければ、モンスターを食べるしかない。それを伝えるべきかどうか迷ったハヤトだったが、キラリと窓から入ってきた一際《ひときわ》強い光に思わず目を細めた。

「……うん？」

光の入ってきた方角を見れば、砦《とりで》よりもずっと奥《おく》。わずかに見える場所に、真っ白に輝《かがや》く城が見えた。

距離はかなり離《はな》れている。およそ、目算でも数キロ。恐《おそ》らくは階層《エリア》の最果てだろう。昨日、ハヤトたちがやってきた時は夜の闇に隠《かく》されて見えなかった建物。

ハヤトの視線がその建物に吸い寄せられたのを見た澪とロロナも同じように視線を飛ばす。

そして、言葉もなく全員がその城を見た瞬間に理解した。

間違いなく、そこが階層主《ボス》部屋であると。

「……攻略の糸口が見えたかもな」

「あそこまで行くってことですよね？」

「ああ、問題は今の俺たちだと間違いなく階層主《ボス》に勝てない」

言い切ったハヤトに対して、弟子二人は沈黙《ちんもく》。

それは誰よりも彼女たちが理解している。

「だから、地図作り《マッピング》しながら獣系のモンスターを探す。そして食料系のドロップアイテムを狙《ねら》う」

ハヤトが食料に拘《こだわ》るのは第一に生存するためだが、次点にアイテムによる能力補正《バフ》効果を狙ってのものだ。

そして、基本的にアイテムの効力は階層が深くなればなるほどその強さを増す。だとしたら、ダンジョンの少女によって落とされた68階層で産出する食料系のアイテムの強さは、きっと今まで誰も見たことがないほど強いものであるはずなのだ。

そんなハヤトの行動指針に、弟子二人は大きく頷いた。

「はい！　分かりました！」

「……ん。分かった」

元より彼女たちはハヤトに人生を預けた身である。

それだけの信頼を寄せる相手に『否』を突《つ》きつけることはないのだ。

「とりあえず、砦から出よう。昨日の夜に砦の中を見てきたんだけど、何も無かった」

「えっ⁉　水を探すのにそこまで行かれたんですか？」

「いや、もしかしたら食料庫があるかもと思って……」

ハヤトは澪にそう返すと二人を連れて安全圏《セーフエリア》を後にする。弟子二人の安全を本当に考えるのであれば、階層攻略の目処《めど》がつくまでこの二人をずっと安全圏《セーフエリア》に残しておくのが確実だろう。

けれど、それでは彼女たちのためにはならない。

ダンジョン内で残酷《ざんこく》なまでに意味を持つ数字《ステータス》を伸《の》ばすためには、モンスターと戦わなければならないからだ。そして、もしこの階層でハヤトが帰らぬ者になってしまった場合、戦い方を知らない二人を残すのは、彼女たちの未来を確定することになる。

ハヤトはそれを嫌《きら》ったのだ。

《とはいっても、死ぬつもりはないんだろ？》

(当たり前だ)

ハヤトの思考など手に取るように分かるヘキサに言われて、ハヤトは大きく頷いた。

死ぬつもりなど毛頭ない。自分が巻き込んでしまった弟子二人を生きて外に送り返す。

そして、あのふざけたダンジョンの少女を倒《たお》す。

それを実現するまで、ハヤトは死ねないのだ。

弟子を連れたハヤトは階段を上って城壁の上に出ると、二人を抱《かか》えて飛び降りる。十メートル近くはある壁だが、前線攻略者《フロントランナー》の身体能力《ステータス》であればこの程度はロロナの【重力魔法《まほう》】を借りなくとも可能である。

着地音を聞きつけた騎士《きし》たちがやってくるよりも先に、ハヤトたちはその場を離れて草原の中に入る。草原とはいっても、ハヤトの膝下《ひざした》くらいしかない。

もし騎士たちが気を払っていればすぐに見つかってしまうだろう。

「モンスターに見つかったら狙い撃《う》ちされそうです」

「向こうがこっちを見つけやすいってことは逆もそうってことだ。先にモンスターを見つけて伏《ふ》せることができれば身体くらい隠せるよ」

澪の心配に、ハヤトは陽気に答えてみせる。

もしまだ【変影万華】スキルが残っていれば影に隠れることもできたのだろうが、ハヤトが眠っている間に排出《イジェクト》されてしまっている。

残念ながらスキルに頼《たよ》り続けることはできない。

そもそも、こんな草原のように見晴らしが良い場所で隠れることなどできはしない。万《ばん》全《ぜん》を期すのであれば夜にでも移動すれば良かったかな、と思うものの後の祭り。

ハヤトが先陣《せんじん》きってまっすぐ歩いていくと、ずぼ、と足が何かにハマった。

（……ん）

《無用心だな。罠《トラップ》だったらどうするんだ》

もっともすぎるヘキサの忠告を聞きながら足元を見たハヤトの前にあったのは、石造りの遺跡《いせき》。そう見えてもおかしくない地下へと繋《つな》がっている階段だった。

「あれ……？　さっきまでこれってありましたっけ？」

「いや、無かった。もしかしたら、ちゃんと近づかないと見えないのかも知れない」

「えっ。すごい！　それまで透明《とうめい》ってことですか？」

「透明なのか、ここだけ外から見えなくなってるのか……。どっちなんだろうな」

ハヤトはそう言いながら、突如《とつじょ》として現れた石階段に目をやる。

感覚としては『異界《シール》』に近いものだろう。あれも中に入ってしまえば外から中を覗き見ることはできない。

《それで問題は中に入るかどうかだと思うが》

（入ってみるのも悪くないな。もしかしたら地下通路とかがあるかも知れないし）

《草原を歩くよりも安全かも知れない、か。その説はあるな》

ハヤトは言うが速いか、そのまま階段を下る。その後ろをついて歩く澪とロロナもハヤトを追いかけるようにして階下に下り立つが、彼らを出迎《でむか》えたのは地下通路のような大きな建築物ではなく、一つの小部屋とその奥に鎮座《ちんざ》している宝箱。

それを見た瞬間、ハヤトは階段が見えなかった理由を理解した。つまり、ここは隠し部屋なのだ。他の階層《エリア》でも見られる宝箱が置かれている当たりの部屋。

入るためには特殊《とくしゅ》な手段――例えば、特定のレンガを決められた手順で押《お》し込む。あるいは隠し部屋を見つけるための木の実を口にする、などの手順で見つけることができる。あの階段もその内の一つなのだ。攻略する際に使うであろう街道《かいどう》から外れて、草原の中に隠された階段にたどり着くためには運を要する。

ここまで落ちてきて悪いことばかりでもないな……と、ハヤトがほっと胸を撫《な》で下ろすのと、澪が宝箱に対して声をあげるのは同時だった。

「わっ！　師匠、宝箱ですよ！　68階層のアイテムってどんなものが入っているんですかね⁉」

「武器とかアイテムだったら大当たりだ。『スキルオーブ』とかだったら、嬉《うれ》しいんだけどな」

「こんな深い場所だったらそれだけ強いアイテムってことですもんね」

「ああ、何が出るのか楽しみだ」

そう言いながらハヤトは宝箱に手をかける。とはいえ罠《トラップ》の可能性もあり、ちらりと鍵穴《かぎあな》の部分に目を通した。通常の宝箱であれば青色のそこが、罠《トラップ》であれば緑色に変色している。この宝箱に見せかけた罠《トラップ》というのが大変凶悪《きょうあく》なもので、宝箱を開けただけで昏倒《こんとう》するようなガスが排出されたり、数時間宝部屋から抜けられなくなったり、モンスターをおびき寄せる大きな音を立てたりするのだ。

しかし、今回の宝箱の鍵穴は青。罠《トラップ》ではない。

安心しきったハヤトが宝箱を開いた瞬間、宝箱の下から現れたのは巨大《きょだい》な腕《うで》。

「……ッ！　嘘ぉ！」

ハヤトは咄嗟に澪を後ろに投げ飛ばしたが、一瞬《いっしゅん》遅《おく》れて巨大な腕に掴《つか》まれた。その腕の発生元は宝箱。人間の腕をそのままスケールアップしたかのような腕が宝箱から四本生えると、ハヤトを捕《つか》まえたまま立ち上がる。次の瞬間、バカッ！　と、宝箱が開くと、中から現れた巨大な瞳《ひとみ》がハヤトをまっすぐ見つめた。

しかし、宝箱の中から現れたのは瞳だけではない。宝箱の中に無造作に生え散らかった巨大な乱杭歯《らんぐいば》と、巨大な舌。そして、どろりとした唾液《だえき》が地面に垂れる。

《『ミミック』だッ！》

（罠じゃなかったのにッ⁉）

ハヤトはその腕から脱出《だっしゅつ》を図《はか》るために力を込めるが、びくともしない。

《ああ、そうだ。こいつの扱《あつか》いは宝箱モンスター。罠《トラップ》のようなギミ、、ッ、ク、ではな、いッ！》
（見分ける方法は⁉）
《無い》
（は？）
　ハヤトの腕にこもっていた力が思わず緩んだ。
　しかし、ヘキサはそんなハヤトに対して淡々《たんたん》と告げる。
《だから、こいつを見分ける方法は存在しないんだ。普通《ふつう》、ここに来るまでに探索《たんさく》者たちは【鑑定《かんてい》】か【看破】スキルを持っている。それを前提としたモンスターだからな》
（【スキルインストール】は仕事しなかったんだけどッ⁉）
《まだ対応していないんじゃないか？》
（クソッ！）
　悪態をついたハヤト。
　一方のミミックは初めて見た探索者を本能、、の、ま、ま、に、捕食し、た、。

「まだ、ハヤトは……戻《もど》ってきて、ない？」

「……はい」

腰に日本刀をぶら下げたシオリに対して、エリナは意気消沈《いきしょうちん》したままの表情で頷《うなず》く。彼女たちがいるのはギルド。窓は『メルト・スライム』により全て割れており、平時であれば明るく照らされている室内も、今は停電なのか灯りが全て消えていた。

とはいえ、時刻は昼前。薄暗《うすぐら》い室内には、冬に足を踏み入れている太陽の光が弱々しく差《さ》し込み、エリナの暗い顔を照らし出している。

そんなギルドの中で、エリナは倒れていたベンチを起こして、そこに腰掛《こしか》けていた。

「家に……帰らない、の？」

「お兄様はギルドで待つようにと仰《おつしや》ったんです。もし、私がギルドから離れてしまった時にお兄様が戻ってくれれば、入れ違《ちが》いになりますから」

それに家に帰ったところで、停電や水は止まったままだ。しかし、エリナはそれを告げずに黙《だま》り込んだ。

インフラの復旧は続けられているが『メルト・スライム』により、根こそぎ破壊《はかい》されてしまっているため、通常の災害よりも時間がかかっているのだ。

そんなエリナを哀《あわ》れに思ったのか、シオリは静かに続けた。

「ハヤトは、スマホを持ってる……はず」

「昨日の騒乱《そうらん》で壊《こわ》れたのかも知れません」

シオリの問いかけに、エリナは真顔で返す。

いつもは人で溢《あふ》れているギルドも、今日ばかりは二人だけだ。

当初はシオリがいるからと避難民《ひなんみん》が集まっていたが、彼らはモンスターの騒動《そうどう》が片付いてからは近くの小・中学校に場所を移している。

昨日の夜から一睡《いっすい》もしていないのだろう。エリナは目の下に小さな隈《くま》を作って、それでもギルドの中に一人で座《すわ》り続けていた。

「昨日、ハヤトを見た人は……たくさんいた。きっと、色んな場所にいたんだと、思う」

それと同じように、シオリもまた一睡もしていない。前線攻略者《フロントランナー》としての仕事を終えた後に、ハヤトの情報を求めて街の中を駆《か》け回っていた。

「けど、居場所を知ってる人はいなかった」

「病院にもいないのでしょうか」

「全部の病院を回ったけど、いなかった。でも、これだけ被害《ひがい》が出てると……病院はもう、意味ない」

「……そう、なんですね」

シオリの言葉に、エリナは苦々しく頷いた。

ギルドから見える風景に変わりはない。それは『メルト・スライム』たちが巨大化《きょだいか》するよりも先にハヤトが倒したからだ。

しかし澪の家の近くや、駅前では建物ごと奪《うば》われている。それに加えて『メルト・スライム』が最後に形を成した巨人《きょじん》が暴れたことや、身体を分裂《ぶんれつ》させて街中に飛び散らせたことで、ありえないほどの被害が出ている。

今の時点で誰も死者や行方《ゆくえ》不明者の正確な数を把握《はあく》できていない。

崩《くず》れ落ちた建物に巻き込《こ》まれた人や、モンスターの攻撃《こうげき》に巻き込まれた人の救援《きゅうえん》活動は今もなお警察や自衛隊により夜通しで行われている。

そんな中、幸運なことにモンスターによる被害から逃《のが》れた病院では、怪我人《けがにん》の治療《ちりょう》が行われていたが、どこも抱えきれるキャパシティを超《こ》えている。

より多くを助けるために識別救急《トリアージ》が行われ、間に合わないと判断された者は治療されることなく死んでいる。

それを助けるために大きなギルドでは治癒《ちゆ》ポーションの提供や、違法行為《いほうこうい》である、医師免許《めんきょ》を持っていない『治癒師《ヒーラー》』による外での治療が行われており、一口に病院と言ってもその数は平常時の数倍になっていた。

それでもシオリは自分の当たれる範囲《はんい》、全てを当たってハヤトを捜《さが》したのだ。しかし、その結果は振《ふ》るわなかった。

「ハヤトの妹」

「エリナです」

「エリナ。ハヤトが、死んだと……思う？」

シオリの問いかけに、エリナは静かに首を横に振る。

「私も、同じ。ハヤトは死んでいない。だとしたら、ここに来れない理由がある」

「……理由、ですか」

エリナも同じことは考えていた。

ハヤトは何かしらの事情に巻き込まれてしまって、ギルドに戻って来られないのではないかと。

「そう。この時代に連絡《れんらく》も取れなくなるなんてことはない。スマホが壊れていたしても、知り合いのものを使うなり公衆電話を使うなりできる」

「……はい」

「戻って来れないのもそう。ハヤトの頭が回っていなかったとしても、伝言を誰かに頼《たの》めば良い。私がいるから、絶対に伝わる」

自分の知名度の高さをシオリは客観的に見積もっている。見積もっているからこそ、ハヤトに頼まれた避難民の護衛を買ってでたのだから。

「そうだとすれば、シオリ様。お兄様は、一体……どこに」

「分かってるはず。連絡も取れず、言伝《ことづて》も依頼《いらい》できない場所は、この街に一つしかない」

エリナの困惑《こんわく》した表情を前にして、シオリはまっすぐ下を指さした。

「ダンジョンの中」

第3章 ✦ 止まらず進む探索者！

「あ、危ないところでしたね。師匠」

「……まだ唾液がついてる感じがする」

「私は気にしませんよ！」

「俺が気になるの」

地下にある小部屋の中で、ハヤトは澪《みお》に短くツッコむ。

そして、そのままひっくり返っている『ミミック』を見た。ハヤトの斬撃によって四本ある腕の一本は床に転がり、残った三つも破壊されている。

喰《く》われた瞬間に槍《やり》を生み出して腕と口腔《こうこう》を破壊。そのまま脱出して、応戦という流れである。

強い相手だったが昨夜戦ったばかりの『モルトノス・ナイト』ほどではないというのが、ハヤトの感想である。

眼球を破壊した純白の槍を引き抜いた瞬間に、ミミックは蛙《かえる》のようにひっくり返って、ぴくりとも動かなくなったのだ。恐らく死んでいるのだと思うのだが、いつまで経《た》っても黒い霧《きり》にならない。

ダンジョンの外でも中でも、モンスターが死ねば黒い霧になる。それがルールなのだが、

(いつになったら消えるんだ、こいつの死体)

《消えないぞ》

(は？)

《言っただろ。ミミックは宝箱型モンスター。こいつは宝箱なんだ。逆に聞くが、蓋《ふた》を開けた宝箱が消えたって話は聞いたことあるか？》

(……いや、ない)

《それと同じだ。こいつは残り続ける》

ヘキサから飛び出すイレギュラー情報に、思わず顔をしかめる。

しかめてから、ふとヘキサの言葉に引っかかった。

(いや、待て。宝箱型モンスターってことは、こいつ……もしかして、アイテム持ってるのか？)

《うん？　あぁ、持ってるぞ。宝箱と同じだからな。箱の中を見ればあるんじゃないか？》

果たしてそんなことがあるのだろうかと思いつつ、ハヤトは床に倒れたミミックの口に

恐る恐る手を伸ばした。

「ハヤト……何を、するの？」

「いや、アイテムないかなって」

「……理解」

若干《じゃっかん》引いているロロナの気持ちも、ハヤトにはよく分かる。

いくらヘキサから死んでいると言われても、姿かたちを残したまま死んだモンスターなぞハヤトの二年間の探索者人生でも見たことがない。

急に起き上がり、ばくっと手を喰われる想像をしているハヤトの指に触《ふ》れたのは、カツン、という硬《かた》い感触《かんしょく》。

手に触れたものをそのまま掴んで取り出すと、ハヤトが握《にぎ》っていたのは黒い腕輪《うでわ》だった。

「……防具？　いや、アクセサリーか？」

どちらにしろ、ダンジョンから出てきたものであれば特殊な効果が付いていることは確実だろう。ステータスの上昇《じょうしょう》か、あるいは新しいスキルの付与《ふよ》か。

そういう特殊効果が載《の》っていれば良いなぁと思ったハヤトの横でヘキサが叫《さけ》んだ。

《違うッ！　これが本物の『アイテムボックス』だッ！》

（うぇッ⁉　これがっ‼︎？）

ハヤトは黒い腕輪を手に持ったまま静かに驚愕《きょうがく》。

しかし、考えてみれば『アイテムボックス』は50階層より深い場所で現れるとヘキサが再三言っていた。

確かに68階層であるここで出てもおかしくない。

おかしくないのだが、ハヤトとしては『アイテムボックス』に対して警戒心《けいかいしん》強めだ。何しろ銀の腕輪が『メルト・スライム』になったのを見たばかりなのだから。

そんなハヤトの警戒《けいかい》などなんのその。

《おい、ハヤト。早く腕につけろ！　それがあればポーチなんておさらばだ！》

（……いや、でも）

《良いから！》

ヘキサの圧に押されて、ハヤトは腕輪をつけた。

「え、師匠！　それ腕につけても大丈夫《だいじょうぶ》なんですか⁉」

「見るからに腕輪だし大丈夫だろ……」

思念体からつけろと言われたなんて言えるはずもなく、ハヤトは誤魔化《ごまか》した。

《使い方は簡単だ。まず腕輪をなぞれ》

（……わかったよ）

ハヤトはヘキサにそう返すと、腕輪に指を走らせる。その瞬間《しゅんかん》、ヴン！　と、音を立てて腕輪が展開。内側から現れた黒い立方体がそのまま展開して、まっ平らな平面を生み出した。

「うわっ！　なんか出てきましたよ！」

「これ『アイテムボックス』らしい」

「え、なんですかそれ」

「ダンジョンで出てくるアイテムを無限に入れられるんだってさ」

ハヤトも澪も他人事《ひとごと》のように会話する。

というのも彼《かれ》らは他の探索者が当然のように持っているゲームの知識を持っていない。

そもそもゲームをやったことがないのだから。

だからゲームに関連するダンジョン知識に対して、乖離《かいり》が生じている。

《あとはその平面にアイテムを載せれば良い。もう一度、腕輪をなぞればアイテムを持ったまま消える》

(これのどこがアイテムを無限に入れられるんだ？　大きさが足りないように見えるが)

そう言ってハヤトは視線だけで黒い正方形を見た。

平面の一片《いっぺん》はおよそ五十センチメートル。とてもじゃないが、アイテムを無限に入れられるなどとは思えない。
《平面はアイテムの大きさに応じて自動的に調整される。物は試《ため》しだ。その上にポーショ
ンを置いてみろ》
（ええ？　大丈夫なのかよ）
ハヤトは未《いま》だ半信半疑。
しかし、これまでヘキサがダンジョンの攻略に関して嘘《うそ》をついたことはない。そのため
彼女の言葉を信じてハヤトは黒い平面にポーションを置いた。
カタ、と硬い物にガラスが当たるやや不快な音が響《ひび》いて、ポーションが平面の上にのっ
かった。
《そのまま平面をスライドしろ。スマホの画面みたいにだ》
（はい？）
《だから、スライドしろ》
言われるがままにハヤトは平面に触れて指を動かした。その瞬間、目に見えて黒い平面
はハヤトがスライドした方向に移動。新しい平面が現れた。
「……まじか」
《その新しい平面は無限に生成される。当然、しまったアイテムの検索《けんさく》機能やリスト機能、

ストック機能もある》
（ストック機能？）
《同じアイテムを同じ平面に格納するように整理してくれる機能だ。他にも、欲《ほ》しいアイテムを優先して取り出せるクイックアイテム機能もあるぞ》
（……どうやって使うんだ？）
《さっきのポーションの平面に戻せ》
ヘキサの言葉から便利の気配を感じ取ったハヤトは『アイテムボックス』を操作してもとに戻す。
《その状態で平面を二本指で触れ続けろ》
（……ん）
その瞬間、ブブ、と腕輪が振動《しんどう》。
《それで良い。後は念じるだけで手元にアイテムが出てくる。やってみろ》
（わかった）
ハヤトは心の中で頷くと『出てこい』と念じた。すると、ぱっ、とハヤトの手元が光ると同時に治癒ポーションが握られていた。
「うわっ！　アイテムでてきましたよ！　どうなってるんですか⁉」

「アイテムのクイック使用……が、できるみたいだ。これならポーチから取り出す手間が省けるな」

「凄《すご》いアイテムですね！」

　澪のきらきらした声にハヤトは頷く。

　そして、神妙《しんみょう》な面持《おもも》ちで続けた。

「でもこれ、腕が飛んだらどうなるんだろうな」

「なんでそんな物騒《ぶっそう》なことを言うんですか……」

「攻略してたら腕がちぎれたりするだろ？」

「したことないですよ……」

「これからすると思うぞ」

　ハヤトも低階層を攻略している時に、そこまでの重傷を負ったことはない。ただ、高位の探索者たちからすれば四肢《しし》の欠損などは珍《めずら》しい怪我《けが》ではない。生きていればポーションでいくらでも治療できる彼らにとって、生き残るために他を犠牲《ぎせい》にするのはおかしな戦略ではないからだ。

《そうなったら、他の腕とか足に転移するぞ。『アイテムボックス』は》

（まじ？）

《マジもマジだ。ダンジョンのアイテムを舐《な》めるなよ》

謎《なぞ》にヘキサから怒《おこ》られるハヤトだったが、それを聞けて一安心。

例えば腕をモンスターに喰われて、そのままアイテムを全て失いました——なんて、そんなことにはならないことが分かれば良いのだ。

それが分かったハヤトは安堵《あんど》の息を吐くと、目の前に転がっているミミックの死体を担《かつ》ぎ上げ、アイテムボックスの中にしまい込んだ。

「……なに、してるの？」

ハヤトの奇行《きこう》にロロナが尋《たず》ねる。

「どこかで使えるかと思ってさ」

しかし、ハヤトは飄々《ひょうひょう》とした態度で返した。

「どこかって……どこ？」

「それが分かんないから、どこかだ」

加えて質問されたこともハヤトは肩をすくめて返すと、踵《きびす》を返した。

「出よう。この部屋はこれだけだと思う」

「はい！　分かりました！」

そして、ハヤトたちは再び地上に上がった。

少しだけ頭をあげて周囲を索敵《さくてき》。草原内に騎士や他のモンスターがいないかを探していたところ、やや離れた場所にある街道を騎士たちが馬車で移動しているのが見えた。

そこにいるモンスターの数は八体。

今のハヤトでは、どうしたって戦いたくない相手だ。

「……師匠《ししょう》？」

「澪、頭を下げろ」

「は、はい……」

幸いなことに距離《きょり》が離れていること。ハヤトたちの頭が草によって隠されていること。そして、彼らにも仕事があることなどが相まって、モンスターにはバレなかった。

モンスターたちが十分に距離を取ったのを確認《かくにん》してから、ハヤトはようやく地下から身体を出した。

「何だったんですかね、今の」

「さぁ」

ハヤトにだってモンスターたちの動きは分からない。

ただ、ああいった特殊行動を取っているモンスターを襲撃《しゅうげき》すれば何かしらのアイテムが得やすかったりする。

モンスターたちの行動に意味はなく、ダンジョンが仕組んだ行動ではないかとハヤトは理解した。

「行こう」

それからは、しばらく三人とも無言だった。

食料が手に入るような獣系のモンスターを探しながら、ハヤトたちがふらふらと向かっていたのは砦から見ていた大きな城。恐らく68階層の階層主《ボス》モンスターが拠点《きょてん》を構えているであろう場所だ。

砦との直線距離で、三から四キロメートルほど。直進すれば一時間ほどの距離だが、モンスターに警戒しながら進むハヤトたちは三時間かけて城の前に到達《とうたつ》した。

しかし不気味なことにモンスターたちは城に近づけば近づくほど、その数を減らしており、ハヤトたちが城の前、閉じられた城門にたどり着いた頃《ころ》にはモンスターの一体として存在していなかった。

「……結構、大きい」

「これどっから入るんだ……？」

ドンとそびえ立った城門。その高さはおよそ十五メートル。四階建ての建物くらいの大きさである。それにロロナが感嘆《かんたん》の声をあげ、ハヤトが眉《まゆ》を顰《ひそ》める。

ハヤトたちが立っているのは石畳《いしだたみ》の上。これは城からおよそ一キロほど離れた場所で草原が終わり、しっかりと整備された地面になったのだ。

だが、その一方。石畳の上にどこまでも続いている城門は入り口をどこにも見せず、入り方すら分からない。

（飛べば入れるかな）

《……いや、無理だと思うぞ》

ハヤトは砦に侵入《しんにゅう》した時と同じように力技での強引《ごういん》なショートカットを提案してみるが、ヘキサは渋《しぶ》い顔でそう返した。

《ハヤト。少し前に出て、城門に手を触れてくれるか》

（力押しで開けろって？）

《そんなことは言わないし、不可能だろう》

ハヤトからすればちょっとした冗談《じょうだん》のつもりだったのだが、マジレスが返ってきて少ししょげる。そしてしょげたハヤトが壁《かべ》に向かって手を伸ばした瞬間、

「……ん」

「どうされました？」

「壁に触れないんだ」

「触れない……？」
声をあげる澪と全く同じ疑問を抱《いだ》きながら、ハヤトは手を伸ばす。しかし、やはり同じように触れられない。まるで透明な壁でもあるかのように、壁から三十センチほど離れた場所で動かせなくなった。
《……やっぱりな》
（分かるのか？）
《ハヤト。お前は30階層の『廃神社《はいじんじゃ》』エリアで行った強引なショートカットを覚えているか？》
（急にどうした？　そりゃ、もちろん覚えているが）
巨大な骸骨《がいこつ》武者。それの攻撃を使った階層主《ボス》モンスターまでの迷路《めいろ》を一気に飛び越《こ》えるという荒業《あらわざ》だ。
《あれが出てきたのはお前が迷路を順当に攻略せずに飛び越えたからだ》
（あー……そうだったっけ？　ちゃんと覚えてないんだが）
《別に構わない。大事なのは、あの階層《エリア》はそういうズルが許されていたということだ。ダンジョンが用意した迷路をストレートに攻略せずとも、ある程度の罰《ペナルティ》を与《あた》えることでダンジョンはショートカットを容認《ようにん》していた》

（うん？　うん。そうかもな）

　ヘキサの言いたいことが掴めず、ハヤトもふにゃふにゃとした返ししかできない。そんなハヤトに向かって、ヘキサは淡々と続けた。

《だが、ここでは攻略のショートカットが許されていない。お前が階層主《ボス》を倒そうと思うのであれば攻略は段階を踏《ふ》む必要があるんだ》

（攻略の段階……？　どういうことだ？　これを開ける条件があるってことであってるか？）

《そうだ。この68階層は段階《ステージ》制。階層主《ボス》の前に準階層主《ニアボス》を倒す必要がある》

（ニア……。何だって？）

《準階層主《ニアボス》だ。この階層にいる階層主《ボス》は一体じゃないということだ》

（……おい、マジかよ）

　ハヤトは思わず暗い顔。

　階層主《ボス》モンスターはともかく、この階層にいる他のモンスターたちですら戦うことに躊《ちゅう》躇《ちょ》してしまうというのに、階層主《ボス》は一体だけではないと言う。

　一体、どうすれば良いというのか。

（さっきの何だっけ。ニアなんちゃら）

《準階層主《ニアボス》か？》

（そうそれ。まず最初にそいつらを探して倒さないとここは攻略できないってのであってるんだよな？）

《ああ、そうだ。そして、その内の一体は恐《おそ》らくあの砦《とりで》にいる。お前が戦った『モルトノス・ナイト』。明らかに強さが他のモンスターよりも一段階上だろう。あれは準階層主《ニアボス》を守っているからだろうな》

（…………）

今回の目的は階層主《ボス》の討伐《とうばつ》ではなかったとはいえ、いま来た道を戻れと言われると何だか時間を無駄《むだ》にした気がするハヤトは無言。

しかし、城の前までやって来なければ68階層を攻略する際に同じ目にあっていただろうから先にやってきて正解だったとは思うが、そうだとしてもハヤトはその気持ちを上手《うま》く整理できなかった。

「師匠。どうしますか？」

「……帰ろう」

ハヤトと同じように見えない壁に手を伸《の》ばして、ペタペタとパントマイムみたいなことをしていた澪に聞かれてハヤトは即答《そくとう》。

獣《けもの》系のモンスターは見つからず城も中に入ることはできなかったが……準階層主《ニアボス》という存在を知れた。

それだけでも良しとしようとして、ハヤトたちは帰路についた。

同じようにモンスターたちを警戒しながら、別のルートを使って戻る。せっかく遠出したのだから少しでも階層の情報を得なければ損だというつもりだったのだが、新しく手に入る情報は何も無かった。

帰り道はやや遠回りしたということもあって、砦の安全圏《セーフエリア》に戻った頃にはすっかり夕暮れになってしまっていた。

「疲《つか》れましたー！」

「……ん。疲れた」

ようやくモンスターたちを警戒しなくて済むということで、澪が大きな声を出しながら椅子《いす》に座る。ロロナもそれに頷きながら腰《こし》かけた。ベッドでもあればそのまま倒《たお》れ込んでいたようにも見える二人だが、残念ながらこの部屋にあるのは寂《さび》れた木の机と椅子だけである。

「お疲れ。よく頑張《がんば》ったな」

「何を言ってるんですか！　師匠が一番お疲れでしょ！」

「ハヤトは、夜も……どこかに、出てた。疲れは、私たち……以上」

弟子《でし》をねぎらったハヤトだったが、素早《すばや》く弟子二人からそう言われて苦笑《くしょう》した。他人のことを思いやれる良い子たちだと思ったのだ。

少なくとも、二年前の彼に同じことはできなかったから。

「だから師匠。少し横になられてはどうですか？　私、膝枕《ひざまくら》します！」

「え、いや、大丈夫だけど……」

澪から、やや勢い任せにそんなことを言われて思わず歯切れの悪い返しをしてしまうハヤト。ポーションを口移しで飲まされたときから、澪が勢いづいているときは危険だと判断しているのである。

ハヤトの返答に澪は「そうですか？」と、やや疑問の表情を顔に浮《う》かべたものの、特にそれから突っ込んでくることはなかった。

というわけで、気を改めたハヤトは澪たちの前に座り込んで真面目な顔をした。

「少しこれからの話をしたいんだけど、良いか」

「はい。お願いします」

「……ん」

真面目な表情を浮かべたハヤトに、澪とロロナが静かに頷く。

「まずなんだが、俺《おれ》たちはあの砦を攻略する必要がある」

「どうしてですか？」

「説明が難しいんだが……そうしないと、今日の城門が開かないんだ」

まさかヘキサより教えてもらいましたと言うわけにも行かず、ハヤトは誤魔化す。

「あそこが開かないと、俺たちは外に出られない。攻略できないからな」

「階層主《ボス》がいるのは……確定？」

「確定じゃない。けど、他に場所がないってのも今日見て分かった」

「……うん。それは、そう」

ハヤトの言葉にロロナが頷く。

行きと帰りで階層《エリア》を一通り見たのだが、大きな建造物はハヤトたちが拠点にしている砦と、見えない壁に阻《はば》まれている白城の二つだけ。

後は草原の中に朽《く》ち果てた村の残骸《ざんがい》が見て取れるが、それを『建造物』と表現して良いのかハヤトには分からなかった。

そのため、ハヤトは階層主《ボス》の居場所を城と判断。

そもそも、ダンジョンは何かしらのモチーフで階層《エリア》ごとに統一されており階層主《ボス》部屋もそれに則《のっと》っていることが多い。

城と砦、そして騎士《きし》まで用意していて城以外にいることはないだろう。

ハヤトは経験則からそのように判断していた。

「ただ一番の問題は砦を攻略するのにあたって、俺たちのステータスが足りてないことだ」

「師匠も、ですか？」

「ああ」

澪の問いかけに、ハヤトは深く頷く。

全てが数字で表される身体能力《ステータス》は、基本的に高ければ高いほど良い。無論、数字が低いからと言って高階層が攻略できないわけないが、技術、技量でカバーできる範囲というものはある。

あるのだが、それにだって限度があるのだ。

そして、この階層においてハヤトが通用する相手は最も弱い『インフェリア・ナイト』のみ。それも複数体を相手にすると生存はほぼ不可能だと判断している。

「だから、ステータスを上げる必要がある。二人はどうやれば一番上がりやすいか……知ってるよな？」

ハヤトの問いかけに、澪とロロナが頷く。

探索者であれば誰《だれ》だってその方法を知っている。ステータスを上げるのに最も効率的な方法はモンスターを倒すことだ。

それは相手が強ければ強いほど良い。それによりステータスは簡単に上がる。

「最初にやるべきなのは、レベリングだ」

探索者たちのステータスに『Ｌｖ』という概念《がいねん》は存在しないが、それでも彼らは自らのステータスを上げることを『レベリング』と呼ぶ。

それは『ＪＥＳＯ』がギルドと呼ばれているのと全く同じ。彼らにとって、そちらの方が馴染《なじ》みやすいというだけの話である。

「あ、あの師匠。質問があります」

「どうした？」

おずおずと手を挙げた澪。

彼女《かのじょ》はハヤトに対して、さも不思議そうに尋ねた。

「そのレベリング……？　って、私たちもするんですか？」

「もちろんだ。俺だけ強くなっても意味がないからな」

「その……師匠でも勝てないのに、私たちがどうやって勝てば良いんでしょうか……」

澪の質問にハヤトは首を横に振ることで答えた。

「大丈夫だ。別にモンスターを倒す必要はないからな」

か？」

「……あれ？　言われればそうですね。確かにどうやってステータスを上げてるんです

『治癒師《ヒーラー》』や『状態異常付与者《デバッファー》』はどうやって成長すれば良いと思う？」

「ない。そもそもなんだが、モンスターを倒した探索者《たんさく》しか数字《ステータス》が上がらなかったら

「え、ないんですか？」

澪がこてん、と首を傾《かし》げた横でロロナが静かに続けた。

「ステータスは……貢献度《こうけんど》でも、上がる。モンスターを倒した人を治したり、状態異常で足を止めてたりしても、良い」

「え、そうなの⁉」

初めて知ったのか澪が声をあげて驚《おどろ》いた。

正直、そこら辺は探索者をやっていれば、早かれ遅《おそ》かれ気がついていたことだろう。今の今まで気がつかなかったのは、そこまでステータスに注意を払《はら》っていなかったのか、あるいは抜けているのか。

「ロロナの言うとおりだ。他にもダンジョン内でトレーニングしても増えたりするけどな。でも、そんなことをするよりもモンスターを倒すのが早いんだ」

「な、なるほどです。つまり、私たちはモンスターを倒す手伝いをして、師匠がトドメを

刺《さ》すってことですか？」

「話が早くて助かるよ」

ハヤトがそう答えると、澪も「なるほどです」と言って納得《なっとく》したような表情を浮かべたが、ぱっと顔色を変えてから驚いた。

「い、いやいや！　何を言ってるんですか！　師匠がモンスターを倒す手伝いなんてできるわけないじゃないですか！」

「それは俺も思ってるんだが、ちょっと試してみたいことがあってさ」

「試してみたいことですか」

「ああ、それなんだが……」

と、ハヤトがちょっとした提案をしようとした瞬間、ぐぅ、とお腹《なか》が鳴った。鳴ったのはハヤトのものではない。

澪のものである。

「そ、その！　気にしないでください！」

澪はよっぽど恥《は》ずかしかったのか、顔を赤くして首をぶんぶん振る。しかし、ハヤトからすれば自責の念にかられた。

彼女たちは昨日から何も食べていないのだ。それでいて、今日はほぼ一日動き回った。

お腹が減るに決まっている。しかし、食料は手に入れられていない。見つけようと階層内《エリア》を歩き回ったが、結果が振るっていれば今頃彼《いまごろかれ》らは夕食パーティーである。

「私はご飯食べなくても平気です！　探索者になる前は給食だけでしたから！」

「いやいや……。何も平気じゃないだろそれ……」

さらっととんでもないことを暴露《ばくろ》する澪だが、本人は至って本気で言っているのでハヤトとしても深くツッコめない。

「ロロナだってお腹減ってるだろ？」

「……家にいた時、ご飯抜《ぬ》かれること、よくあった」

そう答えるロロナだが、その顔は少し暗い。

よくあるから慣れていると言いたいのだろうが、慣れることとそれを良しとすることは全くの別である。

だから、ハヤトはしばし考え込んでから顔を上げた。

「正直なところ……明日も食料が手に入るとは思えない」

「は、はい。それはそう思っています」

「だから、何かを食べないといけないわけだ」

「何かって……。何も食べるものは無いですよね？」

澪の疑問ももっともだ。

そもそもハヤトたちが砦を後にして城に向かったのは、食材アイテムをドロップするであろう獣系のモンスターを探すためである。

しかし、ハヤトは至って真面目な顔で答えた。

「いや、ある」

「……どこにですか？」

澪の問いかけに、ハヤトは黒い腕輪をなぞった。

その瞬間『アイテムボックス』が展開。そして、中からミミックの死体がこんにちは。

「これ」

「いっ、いやいやいや！　モンスターじゃないですか！」

「食べれるぞ」

「ええ……」

ハヤトの奇行に澪がドン引き。

無言のロロナもやや引きつった表情でミミックとハヤトを交互《こうご》に眺《なが》めた。

「……食べるって、生？」

「まさか。焼くんだよ」

そう言ってハヤトは手元にナイフを生み出した。【武器創造】スキルは澪もロロナも知っているので今さらだ。

「ハヤト、本気……？」

「これ以外食べるものが無いしな」

「それは……。まぁ、そう……だけど……」

「それに二日、三日も食事抜いた状態でモンスターと戦いたくもないだろ」

「……うん」

「見た目がちょっとあれだけど捌《さば》けば食べれるようになるって。ちょっと待ってくれよ」

ハヤトは口を動かしながらミミックの四本ある腕《うで》の内、一本を根本から解体。腕一本で大の大人ほどある太く長く、大きな腕なのでやや手こずったものの宝箱の根本から腕を切り離《はな》した。

ぼたぼた、と黒い血が流れ落ちる。

（まさか本当にモンスターの食べ方を教えることになるとはなぁ）

《私もびっくりだ……》

（よく言うぜ。ヘキサが言ってたんだろ）

《あれは冗談だ》

ヘキサの問いかけに返しながら、ハヤトはミミックの手首から先を切り落とす。そして、皮を剥《は》ぐと完全に筋肉だけが露出《ろしゅつ》する。

《お前、料理下手なのに肉は捌けるんだな……》

（これは教えてもらったからな、実家で）

《お前が初めて包丁を持った時にナイフの握り方をした理由が分かったよ》

ヘキサは感心なのか、呆《あき》れなのか分からない顔でそう言うと、ハヤトの捌きを見守った。

捌きを見守るとは言っても、ハヤトのそれは手慣れたものである。

上腕《じょうわん》部からさらに二《に》の腕と、その先の二つに解体して、片方を『アイテムボックス』にしまい込《こ》んだ。

（『アイテムボックス』の中って時間が止まるんだろ？）

《止まってはいない。流れているが、流れる速さが違《ちが》うから止まっているように感じるだけだ》

（止まってるってことで良いだろ）

ヘキサの厳密な説明を聞き流し、ハヤトは外に残した肉を【武器創造】で生み出した鉤《かぎ》爪《づめ》に引っ掛《か》けて天井《てんじょう》から吊《つ》るした。

「後は火なんだよな……。なんか燃えるようなものが……あぁ、あるな」

「えっ！　机《これ》ですか⁉」

「いや、取ってくるからちょっと待ってくれ」

ハヤトはそう言うと、素早く安全圏《セーフェリア》を後にする。

残された弟子二人は秒で顔を見合わせた。

「し、師匠って本気なのかな……」

「……多分、本気。ハヤトは……ダンジョンで、冗談を言わない」

「だったら、今からこれ……食べるの？」

眼の前にあるのはミミックの腕。その先側である。

恐らく重量だけで言っても十キロは超《こ》えている。ハヤトは軽々と解体していたが、それは彼が前線攻略者《フロントランナー》であり、その程度の重さは気にならないからである。

「食べる……と、思う」

「ほわ……」

ロロナの苦虫を噛《か》み潰《つぶ》したような返答に、澪もそうとしか返せない。

しかし、さっきの皮付きと違って、皮を剥がされ分解された腕の肉は気持ち悪さがかなり軽減している。どちらかと言えば、精肉店に並べてあるブロック肉に見えないことはない。

「美味《おい》しいのかな？」

「分からない。けど、お肉がマズイことは……ない、と思う」

「それもそっか」

ハヤトも入れて、誰もマトモな環境《かんきょう》で育っていない三人組は誰も舌が肥えていない。そのため、弟子二人もわりとすんなり受け入れた。

「ただいま」

「あ、お帰りなさい。師匠」

一方、部屋に戻《もど》ってきたハヤトが手にしていたのは安全圏《セーフエリア》に置いてあるのと全く同じ椅子が二脚《きゃく》。

「それどうされたんですか？」

「同じような部屋が他にもあってさ。そこから持ってきたやつ」

ハヤトはそう言いながら肉から離れて椅子を砕《くだ》く。飛び散る木片《もくへん》が肉につかないように配慮《はいりょ》だ。

そうやって無理やり薪《まき》を生み出したハヤトが手元で大きく薪を擦《こす》った瞬間、煙《けむり》があがる。

そして、再び薪同士を擦った瞬間に火が付いた。

「えっ、すご！　二回で火が付きましたよ！」

「これ前線攻略者《フロントランナー》なら誰でもできるよ」

持つべきものは身体能力だ。

最も原始的な火起こしであるただ木を擦り付けるだけの手法は慣れていたとしても二回で火を付けることなどできはしない。

それを強引に達成するのが前線攻略者《フロントランナー》の身体能力である。

「さて、焼くか」

「は、はい！」

当初ほどのドン引きもなく弟子たちが受け入れたことにハヤトはやや怪訝《けげん》な表情を浮かべたが、肉に慣れたのかなと適当な解釈《かいしゃく》で受け入れた。

再び生み出したナイフによって吊るした肉を適当なサイズに切り分けると、椅子で作った薪の近くに持ってくる。

もちろん、室内でやっているのだから酸欠にならぬよう窓を開け、燃え広がらないように下の階で見つけた水も持ってきている。

とはいえ、室内全てが石でできている安全圏《セーフエリア》で燃え広がるものがあるのかどうかは謎であるが。

「お、結構良い感じじゃん」

早速《さっそく》焼けた肉をハヤトはそのまま口に運ぶ。

一応、しっかり焼けているかどうかの確認と、毒見も兼《か》ねた試食である。

《……どうだ？》

（うん。まぁ、臭《くさ》くはないよ）

もごもごと口を動かしながら、ハヤトはヘキサに答える。塩もタレもない、ただの焼いた肉である。それを美味しいと言うかどうかは人それぞれだ。

それよりもハヤトが気にしていたのは生臭《なまぐさ》さ。血抜《ちぬ》きをしていなかったので、肉に臭《にお》いが染《し》み付いているかと思ったのだが、吐《は》いてしまうほどの臭みはない。本当に『食べられる』といった具合なのだ。

そんなハヤトの試食の様子を恐る恐る見ているロロナと澪に、ハヤトは告げた。

「食べれる。食べよう」

「はい……！」

一度は受け入れたとはいえ、実際に食べるとなると気後《きおく》れするのが人間である。澪はおっかなびっくりしながら、ハヤトから差し出された串《くし》を手に取る。もちろん、この串もハヤトの【武器創造】で生み出したものだ。

澪はしばらくミミックの肉を見ていたが良い感じの焼き色だったことや、ハヤトが先に食べているのを見て勢い良く口に運んだ。

そして少しの間、目を瞑《つぶ》っていたが、ぱっと顔を輝《かがや》かせた。

「食べれる！　これ食べられますよ！」

「そりゃ肉だし」

「いや、でもモンスターのお肉ですよ⁉」

澪の問いかけにハヤトは肩《かた》をすくめて返す。

それを見ていたロロナもおっかなびっくりといった様子で、モンスター肉を口に運んだ。

「……本当、食べれる」

「だろ」

ぱち、と、とハヤトの足元で火花が爆《は》ぜる。

「お肉の味だけ、ある」

「調味料は無いしな」

それればかりはしょうがないと思って、ハヤトは笑った。ダンジョン内に塩や胡椒《こしょう》なんかを持ち込む人間はいない。そのスペースがあれば、治癒《ちゆ》ポーションを少しでも多く持ち運びたいと思うのが人間だ。

だが、少なくとも水と肉はある。

野菜や穀物は無いが、最低限生きていくだけの土壌《どじょう》は整った。もちろん、それが万全《ばんぜん》のものだとは思わないが、ないものねだりをしていても仕方がない。

だとすれば、

「そろそろ、レベリングの話に戻ろうか」

「あ、はい！　それです！　私たちはどうやって貢献するんですか？」

「まず、二段階あってな。どこかでモンスターを一体だけ確保する」

「一体だけ……」

「仲間を呼ばれたら大変だろ？」

「は、はい」

「次にそいつの手足をもぎ取る」

「は、はい？」

「だから、手足を取っちゃうんだよ。そうすれば、こっちに攻撃《こうげき》してこられないだろ？」

「それは、まぁ、そうですけど」

「後は、澪がトドメを刺せば良い。そうしたら俺がモンスターハントに貢献したことになるだろ」

「ロロナちゃんどうなるんですか⁉」

「ロロナは治癒と補助をやってもらう。【治癒魔法《ちゆまほう》】だけじゃなくて【身体強化付与《ふよ》】も覚えたんだろ？」

ハヤトがそう言いながらロロナを見ると、彼女はまるでハムスターみたいに肉をもごもごと食べながら頷《うなず》いた。

「……うん。覚えた」

「だったら、澪に使ってくれ。ロロナの場合はスキルの連続使用による習熟度レベリングも狙《ねら》えるからな」

「わかった」

こくり、と首を縦に振《ふ》る。

ハヤトたちのような近接系の探索者と違いロロナのような魔法《まほう》を使う後衛は、スキルを連続して使用することによってレベル上げを図《はか》れる。

そして、スキルのレベルが1つ上がるということは、ステータスの平均が10上がるのと同等か、それ以上の成長に繋《つな》がると言われている。理由は単純でスキルのレベルが上がるということは、それだけ自由度が上がるのだ。

当たり前だが、スキルの強さは使用者の想像力《イメージ》に依存《いそん》する。極論を言ってしまえば、ただ炎《ほのお》の球を飛ばすよりも砲弾《ほうだん》のようにして発射する方が火力は上だ。

そして、その想像力の極点が〝覚醒《かくせい》〟である。阿久津《あくつ》ダイスケのように、藍原《あいはら》シオリのように、白らの狂気《げんじつ》を世界に押し付けることで人智《じんち》を超えた奇跡《きせき》を成《な》し遂《と》げる。だが、それを成し遂げるためにはスキルのレベルが重要なのだ。

「とりあえず、明日はどこかでモンスター一体だけ捕《つか》まえようか」

「わ、分かりました」

それだけ言うと、ハヤトは攻略の話を打ち切った。そして、外がどうなっているのだとか、みんなはどうしているんだろうだとか。気の紛《まぎ》れるような雑談へと切り替《か》えた。

少しでも二人の気が紛れるようにと。

ミミックの肉を食べた後、ハヤトは気を遣《つか》って外に出た。二人が身体を水拭《みずぶ》きする時間を作るためだ。

少し散歩してくる、とだけ言い残して外に出るとモンスターたちに出会わぬように、城《じょう》壁《へき》の上へと向かう。

《カッコいいところを見せるじゃないか》

（本当にカッコよかったら、今ごろ俺はこの階層を攻略してるよ）

《ふむ。逆に聞くが、今の前線攻略者《フロントランナー》に68階層を攻略できる探索者がいると？》

（そりゃ〝覚醒〟スキルを持ってるやつらだったら大丈夫《だいじょうぶ》だろ）

ハヤトはそう言いながら城壁の外に出る。すっかり日が沈《しず》んでおり、空には大きな月が見えた。68階層はおよそ十二時間ごとに太陽が出て、沈む。外と同じなので、時間感覚が狂《くる》わなくてハヤトからすればありがたかった。

もし25階層のように一時間ごとに季節がコロコロと変わるような場所だったら、もっと体調面に変化が出ていてもおかしくない。

《だがお前は覚醒スキルを持たずに攻略するつもりなんだろう？》

（当たり前だろ。持ってないんだから）

ハヤトのそれは『持ってない』以上に、自分には『持てない』という諦《あきら》めの方が強かった。あれは究極の自己陶酔《とうすい》が必要なのだ。自分の実力を信じきれず、自分のことが嫌《きら》いなハヤトに習得することはできない。

（というか、そもそも俺の実力は関係ないんだ。俺は澪とロロナを巻き込んだ。だったら、俺は二人を帰さないといけない、いけない、いけない）

《強い決意だな》

（決意……じゃない。そんな大したもんじゃないよ）

それは自罰感情だ。

ダンジョンを殺すという本来の目的に、無関係な二人を巻き込んでしまったハヤトの自罰感情によるものなのだ。

《ふうん？　なんでも良いが、あまり思《おも》い詰《つ》めるなよ。思い詰めたって良いことにはならないんだ》

（分かってるよ）

《私はもう少し、あの二人に甘《あま》えても良いんじゃないかと思うがな》

（……？）

ヘキサの言葉の意味が分からず、ハヤトは眉を顰める。

《少し気を回しすぎということだ》

（悪い。俺にはお前が何を言っているのか……）

《弟子は育てるものであって守り続けるものではないぞ》

分かるような分からないような返答がヘキサからきて、顔をしかめた。

「分からん」

《やがて分かるさ》

ハヤトの投げやりじみた言葉に、ヘキサはそう言って笑った。

相当、時間を空けて戻ると澪とロロナは防具の上着部分を干しているところだった。それもハヤトが薪代わりになるだろうと思っていた他の部屋にあった椅子と机をうまい具合に組み合わせて。

「……何やってんの？」

「あっ、師匠《ししょう》。お帰りなさい。今ですね、防具を干してるんです」

「いや、見れば分かるけど……」

ハヤトの問いかけにロロナが続けた。

「ずっと着ていると、臭いが気になる……」

「干したからってなんか変わるか？」

「少し風に当てると、違う」

だったら自分も、ということでハヤトは上着を脱《ぬ》いで二人の防具から少しだけ距離《きょり》を取って干した。これも彼《かれ》らの防具が軽装だからできることである。

盾役《タンク》が着込《きこ》んでいるような重装備だと干すなんてことはできない。

というわけでハヤトが干した瞬間《しゅんかん》、澪が振り向いて笑顔《えがお》で続けた。

「師匠、服脱いでください」

「な、なんで？」

急に弟子からセクハラをされて師匠《ハヤト》は困惑《こんわく》。しかし、立場的にはハヤトの方が上である。

ここで断るとパワハラになるのでは……と、半分眠《ねむ》りながら聞いていたギルドのハラスメント講習を思い出して震《ふる》えるハヤト。

しかし、澪は笑顔のままで続けた。

「お背中お拭《ふ》きします」

「いや、自分でやるけど」

「大丈夫です！　これくらいしかできないので」

ハヤトが断ったのにもかかわらず、一歩も引かない澪はずいっと前に出てハヤトの服を引っ張った。

「うわっ！　ちょっと引っ張るな！」

「恥ずかしがらず！」

「恥ずかしがってないって！」

ハヤトはそのまま逃《に》げようとしたのだが、ずん、と身体が重たくなった。

「……大丈夫。拭くの、上だけ」

見ればそこには錫杖《しやくじよう》を構えたロロナが立っていて、

「……人に魔法を使うのはやめたんじゃないのか」

「人を殺したくないだけ」

【重力魔法】による拘束《こうそく》。

ハヤトは思わずロロナに突っ込んのだが、彼女は無表情のまま淡々《たんたん》と返す。そもそも考えてみれば彼女は『治癒師』として、澪の治療《ちりょう》やサポートをしている。人に魔法を使うのに抵抗《ていこう》を覚えているわけではないのだ。

だとしても魔法を使った拘束なんてものをやってくるとは思っていなかったので、ハヤトは何の受け身も取れずにその場に縫《ぬ》い留《と》められた。

「ささ！　師匠。観念して服を脱いでください」

「観念って言ってるが」

「言葉の綾《あや》です」

「どこで覚えたんだそれ……」

というわけで完全に拘束されたハヤトは、大人しく二人にされるがままとなった。

上半身だけでも拭いてもらうということで、その場に座《すわ》って服を脱ぐ。脱いだ瞬間、ハヤトの身体を見た二人は急に黙《だま》り込んだ。

「……ハヤト、これ」

「あんま見せたくはなかったんだけどな」

背中にあったのは、斬《き》り傷や刺し傷。中にはまるで皮膚《ひふ》が引きちぎられたような痕《あと》もある。一方の腹部にはまるで焼けた鉄を押し付けられたかのような火傷痕《やけどあと》。

特に酷《ひど》いのは彼の右腕《みぎうで》だ。

『星走り』による皮膚が裂《さ》けたときの傷痕《きずあと》は生々しく彼の腕に残る。

そして、澪もロロナも知っている。

ダンジョンから生まれる奇跡の産物である治癒ポーションによる治癒では傷痕の一つも残らないということを。ダンジョンの上層……比較的《ひかくてき》、階層が浅い場所では炎を使うようなモンスターは出現しない。だから、その傷は彼が探索者になる前についたものだ。

特にロロナは彼女の生い立ちも相まって、ハヤトの傷痕の意味を一瞬《いっしゅん》で理解した。理解できてしまったからこそ黙り込んだ。

傷痕があるから見せたくなかったわけではないが、それを見せたからといって周りの気分が良くなるものでもないことくらい重々ハヤトは承知している。

だから、なるべく脱ぎたくなかったのだが、

「わっ、鎖骨《さこつ》！　見て、ロロナちゃん。師匠の鎖骨だよ！」

「……見える、けど」

それを気にしない弟子が一人。

やけに元気に振る舞《ま》いながら、ハヤトの背中を拭《ぬぐ》う。ちなみに手ぬぐいは他の部屋にあったものだ。騎士たちが使っていたのか部屋の備品なのかは知らないが、使えるものは何でも使うのが探索者だ。

二日ぶりに身体を清められて、それが自分の手じゃないことにくすぐったさを感じながらハヤトは天井を見上げた。

「師匠、痒《かゆ》いところはないですか？」

「ああ……大丈夫だ」

「私は役に立てていますか？」

「……ん？」

ぽつりと漏《も》れた澪の言葉に、ハヤトは思わず問い返す。

しかし、澪は振り返ったハヤトに笑顔で返した。

「なんでもないですよ？」

「ん……。そうか……？」

聞き間違《まちが》いではないと思ったのだが、澪が言いたくないようにしているので追及するのもおかしなことだと思い、ハヤトはそれ以上は何も言わなかった。

「明日からの話をしていいか？」

「レベリングですか？」

「そうだ」

頷いたハヤトは砦《とりで》を指差す。

「明日からは砦内を探索しながら、ステータスを上げていく。あそこに入るまでにモンスターは何体かいるし、中にいるやつらも強いからな」

「強いと……ステータスが、上がりやすい？」

「そう言われてる。強いっていうか、自分と相手のステータス差が大きければ、だな」

「……そう、なんだ」

レベリングの厄介《やっかい》なところ、その一。【鑑定《かんてい》】スキルを持っていない限り、モンスターのステータスが見えない。

効率的にステータスを上げていくなら、自分との差が大きい相手を狙えば良い。だが、単純な強さとステータスは強い相関関係にはあるものの、一部において乖離《かいり》する存在がいるのも確かだ。

つまり低いステータスなのに、それを技量でカバーするようなモンスターがいたとしたら、ステータスは上がりづらいのである。

いわゆる、戦い損というやつだ。とはいえ、一方で技量がなく自らのステータスにものを言わせて探索者を狩《か》りに来る脳筋系のモンスターもいる。そういうモンスターはボーナスだ。

とはいえ、ハヤトたちのステータスは68階層の適正値から大幅《おおはば》に下回っている。どんな相手であろうと、ステータス上げに向いていることは否《いな》めない。

「問題はどうやってモンスターを拘束するかだったんだけど……さっき、ロロナから魔法をくらって分かった。【重力魔法】を拘束代わりに使えば良い」

「私……？」

「ああ、さっき俺《おれ》を逃げられなくしただろ。あんな感じにモンスターを押さえつけてくれ」

「……む。通用しないと、思う」

「少しでも動きが鈍《にぶ》くなれば問題ない」

「それなら……」

自信なさそうなロロナだったが、ハヤトの『少しでも』という言葉に安心した顔を覗《のぞ》かせた。

「後はそこを俺と澪が叩《たた》く」

「た、叩くって言っても私の攻撃が通用しますか……？」

「澪が持ってるのは【紫電一閃《しでんいっせん》】と【剣術《けんじゅつ》】スキルだろ？　どっちも強いスキルだ。別に一撃《いちげき》で殺す必要はない。弱らせれば良いんだ」

「そ、それなら……。あ、でも、私の【剣術】スキルはまだＬｖ１ですけど……」

「使ってるうちにレベルはあがる。というか、レベリング中にスキルのレベルがあがれば万々歳《ばんばんざい》だろ？」

「た、確かに……」

澪は感心したように頷く。

「だから今日はもう寝《ね》よう。明日からまたモンスターと戦うことになるからな。しっかり休めよ」

「はい！」

澪は大きく頷いて、ハヤトの背中から手ぬぐいを取った。

取ってからしばらくして、ハヤトは続けた。

「それはそれとして、いつになったら【重力魔法】を解除してくれるんだ……？」

次の日の朝。ハヤトたちは日の出と同じくらいのタイミングで起き上がると、安全圏《セーフエリア》から外に出た。

先頭を歩くのはハヤト。索敵《さくてき》や不意打ちへの対処を行う。その途中《とちゆう》で先にモンスターを見つけたらロロナの【重力魔法】による拘束を行い、そこをハヤトと澪の二人による集中攻撃で一体ずつ倒《たお》していく戦法だ。

とはいえ、ハヤトたちの顔は重い。

何しろ昨日考えたばかりの戦い方である。上手《うま》くいく保証などどこにもないし、もしロロナが拘束を誤れば、あるいは澪が足手まといになれば、もしくはハヤトがモンスターの不意打ちに対処できずに死んでしまえば、この戦法は破綻《はたん》する。

《緊張《きんちょう》しすぎだろ、お前》

（するだろ。澪とロロナがいるんだぞ）

あまりにも動きがガチガチにこわばっているハヤトに、ヘキサが助け船を出す。

ハヤト一人ならまだしも、弟子《でし》二人の命を預かっている状態である。さらに昨日と違い、モンスターを自分たちから探しに向かっている状態だ。

これで緊張しない方が難しいというもので、

《そこまで動きが硬《かた》いと実力が出せないと思うんだがな……》

（シッ！　モンスターがいた）

螺旋《らせん》階段を下りた先、ちょうどモンスターが目の前を通過した。

ハヤトはヘキサを黙らせると澪とロロナに階段で停止するようにハンドサイン。もし一体だけで行動しているのであれば、ロロナに拘束魔法《こうそくまほう》を使ってもらう必要がある。

果たしてハヤトが階段の先を目視すると、『インフェリア・ナイト』の後ろ姿が見えた。

そして、他にはモンスターの影《かげ》がない。

――チャンス。

「ロロナ、行けるか」

「……ん」

騎士《きし》が背中を向けているその隙《すき》にロロナが静かに錫杖を振るうと、ズンッ！　と、騎士の身体が露骨《ろこつ》に地面に沈んだ。『インフェリア・ナイト』は敵の位置を探さんと首を動かそうとするが、その瞬間に背中に激しい斬撃が飛ぶ。

「……ふッ！」

先ほどまでロロナの後ろにいた澪が、瞬《まばた》きする間に『インフェリア・ナイト』の背中を斬りつける。【紫電一閃】による神速の斬撃。

スキルを使った攻撃だが斬撃は浅い。

澪の技量では、騎士の硬い筋肉に傷を入れるのが精一杯《せいいっぱい》。致命傷《ちめいしょう》になるような攻撃など、願っても届かない。

しかし、澪は着地した状態でまっすぐ直上に剣《けん》を構える。まるで、剣術の上段の構えのように。

「――『新月斬り』っ！」

【剣術Ｌｖ１】スキルに内包されている剣技。上段から素早《すばや》く振り下ろすことにより、相手の身体を断《た》ち切る基礎《きそ》の基礎。

そのまま振り下ろされた澪の剣は『インフェリア・ナイト』の背中に十字の傷を刻《きざ》み込む。

「……硬《かた》っ！」

【剣術】スキルを使った攻撃だったが、返ってきた手応えに思わず小さな声を漏らす。澪にとって騎士の背中はまるでコンクリの壁《かべ》のように感じたほど。ビリビリと返ってきた手応えから、剣が折れなかったことが奇跡だと思ってしまった。

澪が一瞬、その反動に意識を取られていた間に、『インフェリア・ナイト』は立ち上がる。当然、ロロナの【重力魔法】により体重が何倍にも増加している。増加しているが、68階層のモンスターを捕《と》らえ続けられるほどの技量はロロナにはない。

ないからこそ、騎士は重力魔法に慣れ、慣れたのだ。

慣れたからこそ、背後にいる澪に向かって手を伸《の》ばす。澪の頭など簡単に潰してしまうような驚異《きょうい》の握力《あくりょく》は、しかし空振りした。

「師匠！」

「攻撃をしたらすぐに下がる！　危ないぞ！」

「はい！」

澪を後ろに投げ飛ばしたハヤトは右腕に構えていた銀の槍《やり》で、騎士の腕を弾《はじ》きあげる。籠手《こて》に槍がぶつかって火花を上げると、胴体《どうたい》真正面に生まれた空白にハヤトは槍を叩き込んだ。

ドッ！　と、肉と甲冑《かっちゅう》を貫《つらぬ》く重たい音が響《ひび》く。ハヤトが槍を引き抜《ぬ》くと、ぼとぼとと騎士の胸元《むなもと》から黒い血液が地面に落ちる。

「澪」

「は、はい！」

「次から背中じゃなくて騎士のアキレス腱《けん》を切れるか？」

「分かりました！」

澪やハヤトにつけられた傷などものともしない様子で立ち上がるモンスターを前にして、ハヤトは槍を構え直す。

「ロロナ。魔法を解いてくれ」

「え、で、でも」

「次に俺が指示を飛ばしたタイミングで頼《たの》む」

「わ、分かった……！」

そして、ハヤトが地面を蹴《け》った。そのタイミングでロロナも『インフェリア・ナイト』

にかけていた【重力魔法】を解除。本来の駆動《くどう》を取り戻した騎士は回し蹴《げ》りでハヤトの突《つ》きに合わせた。騎士の右足によって、ハヤトの穂先《ほさき》がずらされる。ゴスッ！　と、凄《すさ》まじい勢いで石の壁に激突《げきとつ》。まるでスポンジケーキのように突き刺《さ》さる。

武器を押さえたと判断した騎士は、さらにハヤトに向かって拳《こぶし》を二連撃。

右、左と連続するジャブは、ハヤトの身体を真正面から捉えた瞬間――ドドッ！　と、異音が地面から響いた。

『Fu……？』

まるで水面でも殴《なぐ》ったかのように手応えのない攻撃に『インフェリア・ナイト』が意識を取られる。その隙にハヤトはバックステップで距離を取る。

「面白《おもしろ》いだろ」

『………………』

『天降星《あまだれぼし》』。天原の絶対防御《ぼうぎょ》をハヤトは物にしつつある。

さらにハヤトの手元が捻《ね》じ曲がると同時に、短刀が生み出された。【武器創造】によるMPを消費しない無限の武器生成はハヤトに隙を生ませない。

一方、相対している『インフェリア・ナイト』は、ハヤトの謎《なぞ》の武器召喚《しょうかん》について理解はできなかったが、それでもスキルを使ったと判断。武器破壊《ブレイク》や、武器強奪《ロスト》が使えない相手だと戦略を立て直していた瞬間――その視界が黒く、染まった。

その瞬間、ハヤトは地面を蹴った。蹴ってから、自分の体重にまかせて騎士の右腕を斬り落とした。

《ほう。考えたな》

（誰《だれ》だって思いつくだろ）

ハヤトが【武器創造】で召喚した武器は消える時に黒い霧《きり》になる。モンスターの消失反応と全く同じそれを、ハヤトはモンスターから視界を奪《うば》う目的で使用したのだ。

さらに返す刃《やいば》でハヤトはモンスターの左肩《ひだりかた》に短刀を突き刺す。ドッ！　と、鈍い音とともにモンスターの身体がこわばった。

「ロロナッ！　いまだッ！」

「うんっ！」

ハヤトの指示通りにロロナが再び【重力魔法】を発動。腕《うで》を失い正常な身体のバランスを保てなくなった『インフェリア・ナイト』は、突如《とつじょ》として増えた自分の体重に対処できず、その場に倒れこむ形で体勢を崩《くず》した。

崩したところに、澪が飛びこむ。

【紫電一閃】による斬撃がモンスターの首に深々と突き刺さるが、骨を断てずに動きが止まる。しかしハヤトが澪の手に自らの手を添《そ》えてから、思いっきり引くと騎士の首が断ち切られた。

まるでボールのようにモンスターの首が転がると、その瞬間に絶命して、黒い霧になっていく。

「や、やったっ！　倒しました！　倒しましたよ！」

「ああ、お疲《つか》れ。良い攻撃だったよ」

自らの実力と大きく乖離する相手を、複数人がかりとはいえ倒すことができた澪は上機嫌《じょうきげん》でその場で跳《は》ねる。少し離《はな》れた場所で戦いを援護《えんご》していたロロナも、ちょっと浮《う》かれた様子で近づいてきた。

「数人がかりなら、いける……みたい」

「だな。なんか、パーティーで攻略《こうりゃく》する意味が分かったよ」

ロロナの言葉にハヤトは肩をすくめて返す。

パーティー攻略は報酬《ほうしゅう》を分けなければいけないという制約があるものの、複数人で攻略できるメリットは計り知れない。

（俺も上に戻れたらパーティーで攻略しようかな……）

《まずは一緒《いっしょ》に攻略してくれる前線攻略者《フロントランナー》探しからだな》

（……澪とかロロナに追いついてもらって三人でやるのはどうだ？）

《師匠が弟子と？　独り立ちさせるんじゃなかったのか？》

ヘキサの正論に返す言葉もないハヤトは無言で返すと、ドロップアイテムを見た。

落ちていたのは『インフェリア・ナイト』の篭手。しかし、この場にいる誰も甲冑など装備しないので、あえなくハヤトのアイテムボックス行きとなった。

ハヤトが地面から篭手を拾い上げている間に、澪はステータスを開いていた。微笑《ほほえ》ましく思いながらもハヤトは、自身の経験から短く指摘《してき》。

「そんなすぐに上がらないだろ」

「上がってます！」

「え、嘘《うそ》」

「見てください、師匠！　ちゃんと増えてますよ！」

「……ほんとだ」

澪がステータスを反転させて、ハヤトに見せる。

細かい数字をちゃんと覚えているわけではないが、前回見たときよりも明らかに増えている。敏捷性《AGI》以外のステータスが全て一桁《けた》で、敏捷性《AGI》も10しかない貧弱《ひんじゃく》なステータスだが、最初の頃《ころ》の吹《ふ》けば飛ぶようなものではない。

ちゃんと彼女《かのじょ》も成長している。

「ロロナはどうだった？」

「……変わってない」

「元が高いからだろうな」

「む」

「大丈夫だ。このやり方でモンスターを倒せることが分かったんだから、後は繰《く》り返すだけだ」

ハヤトはそう言うと、再び二人を連れてダンジョン探索《たんさく》に戻《もど》った。

ロロナの拘束魔法による不意打ち攻撃は、ハヤトが想定している以上に有効な戦略だった。そもそもだが、ハヤトは自分以外の誰かと一緒に攻略する経験が乏《とぼ》しい。だからこそ、逆に拘束の有効性を見誤っていたとも言える。

ユイとともに攻略したこともあったが、その時点で彼は階層の適正ステータスを手にしていた。だから彼にとっての認識《にんしき》は『あれば便利だが、無くても困らない』程度のもの。

しかし、ハヤトが考えを及《およ》ばせぬところではあるのだが、そもそもとしてモンスターに有効でなければ『状態異常付与士《デバッファー》』というジョブが成立するはずもない。

そうして、ハヤトたちが午前中で倒したモンスターの数が十二体。およそ一時間に二体のペースで倒しながら砦の中に入った。

「すごい階段の数ですね……」

「迷路《めいろ》、みたい」

初めて砦の中に入る二人はそんな感嘆《かんたん》の声を漏らす。城壁と砦の間にあった中庭だが、昼はモンスターが警備をしていないのか容易に突破《とっぱ》できた。

むしろ、城壁の中の方がモンスターの数が多かったくらいだ。

「この中は相手が強くなるから、気をつけていこう」

「師匠はもう戦ったんですか？」

「ああ、この中から出てくる骸骨《がいこつ》の騎士が厄介で……」

ハヤトがそこまで漏らした瞬間、咄嗟《とっさ》の殺気。

思わず生み出した槍で飛んできた短剣《たんけん》を弾く。カァン！　と、間の抜けた甲高《かんだか》い音が響いて、暗闇《くらやみ》に溶《と》け込《こ》むように黒く塗《ぬ》られた短剣が弾かれると同時に上部の階段からモンスターが二体、落ちてくる。

細身で、まるで木の枝を組み合わせたような小柄《こがら》な身体。身長は二メートルほど。手には先ほどハヤトたちに投げつけた短剣を持っており、顔には目と口がアンバランスに貼《は》り付けられている。

人間のパーツを拡大したり、逆に縮小したものが貼り付けられていたりと、見覚えのあるものがバランス感を崩されていると気持ち悪さを感じてしまうというのはどうしようもないものだろう。

思わずハヤトも心の中で小さく漏らす。

（キモ……）

《『悲哀の道化《エンヴィ・ピエロ》』か。ここで出てくるんだな》

（強いのか？）

《いや、全く》

（だったらキモいだけか？）

《そういうわけでもないんだが……》

ハヤトはヘキサに返しながら、地面を蹴る。いつかの『インフェリア・ナイト』のように仲間を呼ばれてはたまったものじゃない。

だからこその接近戦。相手に隙を与《あた》える前に攻撃を叩き込む。

「ロロナッ！」

「分かってる」

同時にロロナの【重力魔法】が炸裂《さくれつ》。二体のモンスターを地面に縫い止《と》めた瞬間、ピエロの身体がスライムのようにどろりと溶けて地面にへばりついた。

「はぁ⁉」

見たことないモンスターの動きに思わずハヤトの足が鈍る。鈍った瞬間、液体になったピエロの身体から直線上に刺突《しとつ》が飛んできた。

「……ッ！」

ハヤトはそのままバックステップ。前髪《まえがみ》を数本切り取って、刺突が元に戻ると悲哀の道化《エンヴィ・ピエロ》たちは、ぬるりと人の形を取り戻す。先ほどよりも足が短く腕が長い姿で。

《こいつらは決まった形がないんだ。とにかく相手が嫌《いや》がるような形を取って襲《おそ》いかかってくる》

（……なるほどね）

ハヤトがヘキサに頷いた瞬間、悲哀の道化《エンヴィ・ピエロ》はその場でコマのようにぐるぐると回転し始めると、急加速。ブーーンッ！　と、工場機械のような音を立てながら、ハヤトに向かって飛翔《ひしょう》。

「飛んだっ⁉」

「え、えぇ……」

ロロナの【重力魔法】も何のその。拘束なんて最初からされていないかのように振る舞うモンスターにやや戸惑《とまど》ったハヤトと澪。

その瞬間、回転し続けるモンスターは急角度を取ると同時にハヤトたちに向かって落下。咄嗟に槍を立てて防御姿勢を取ったハヤトに向かって、二つの回転が襲いかかった。

ガガガッ！！！　金属の槍に激突しているのに、一向に回転は減速せず武器を削《けず》りとる。

一瞬で耐《た》えきれないことを悟《さと》ったハヤトが槍を手放すのと、砕《くだ》けるのは同時。その刹那《せつな》、瞬時《しゅんじ》に大剣《たいけん》――『熔鉄《ようてつ》の大剣』を生み出すことで回転を受け止める。

さらに熔鉄の大剣の特殊効果《とくしゅこうか》、『残火』属性によりピエロたちの身体が発火する。その一瞬、回転が鈍ったところに向かってハヤトは大きく大剣を振り下ろした。

ピエロが形を変えるよりも先に、大剣の重さによって身体が圧潰《あっかい》。黒い霧になって消えていく。それを振《ふ》り払《はら》いながら、ハヤトは突撃《とつげき》。

だが残ったピエロはその瞬間に反転。ハヤトから距離を取ろうと、凄まじい勢いで上に向かって飛んでいくと、階段に激突。そのまま落下してくる。

突如、モンスターが取った奇行《きこう》に思わずハヤトの足が止まった瞬間、

「解除した」

「ナイス！」

ロロナがかけていた【重力魔法《まほう》】が解除されたことによる急な体重減少。それにより、ロロナの【重力魔法】に合わせた形で飛翔していたピエロは自分の重さを見失って激突したのだ。

ハヤトは再び足を動かすと、ふらついたままのピエロの頭に向かって大剣を振り下ろした。

どぷ、と音を立ててピエロが黒い霧になっていく。

「師匠、大丈夫ですか？」

「俺は大丈夫だ。てか、変な相手だったな」

「不思議なモンスターもいるものですね……」

澪の言葉にハヤトは頷《うなず》く。

これまでのモンスターたちはまだ理解できる攻撃《こうげき》をしてきたが、ピエロに関してはふざけているのか真面目にやっているのか分からないような方法で殺しにかかってきていた。

それの何が嫌らしいかというと、攻撃手段が分からないところだ。

例えば騎士が剣を持っているのであれば、剣術を使ってくるんだろうということくらいは想像できる。スライムが顔に向かって飛んでくれば、窒息死《ちっそくし》を狙《ねら》っているんだろうということは想像できる。

だが、姿かたちを変えて自由すぎる戦い方で襲いかかってこられると……困りものだ。

「ハヤト。何か落ちてる」

「ドロップアイテムか」

そう言ってやってきたロロナが持っていたのは、

「……首輪？」

ハヤトがそう漏らした瞬間、ヘキサが呆《あき》れたように返した。

《チョーカーだ……》

（え、なにそれ）

《首につける装飾品《そうしょくひん》のことだ。首にぴったりつくようなものを、チョーカーと言う》

（……首輪だろ？）

《もうそれで良い》

全くもって違《ちが》いが分からなかったハヤトは、ロロナから手渡《てわた》された首輪を手に取る。

「多分、防具か何かだと思うんだけど……一応、しまっておくか」

「それが良い」

「ロロナや澪が使いたかったら、使って良いけど」

「……鑑定が終わったら、つける」

ハヤトはそのまま視線を澪に移動すると、彼女も全く同じリアクション。

仕方がないのでハヤトはアイテムボックスに装備をしまい込んだ。鑑定が終われば、と言うが【スキルインストール】が【鑑定】を入れない限り、ハヤトたちが使えることはない。

《祈《いの》れば前みたいに入れてくれるかも知れんぞ》

（絶対に嫌だ）

【ジゴロ】スキルをインストールされて、ひどい目にあったのは記憶《きおく》に新しい。

あれからというもの【スキルインストール】に祈らないことを決めたハヤト。未《いま》だにその決意は固い。

そして、アイテムボックスを閉じると再び周囲を警戒《けいかい》しながら砦の探索に戻った。

ハヤトたちが砦を探索する時間として設けたタイムリミットは日の入りまで。というのも、安全圏《セーフエリア》がある城壁《じょうへき》と砦の間にある中庭に、いつ騎士たちが現れるか分からないからだ。

そうして時間を意識して進んでいるのだが、ハヤトは気になることが一つ。

（あの骸骨騎士《がいこつきし》、出てこないな……）

《モルトノス・ナイトか？　言われてみればそうだな》

ヘキサが頷いたように、ハヤトたちの前にあの強敵が姿を見せないのだ。それだけではない。砦の中に出てくるモンスターたちも、騎士というよりも道化や召使《めしつか》いと、全く別の種類である。

（時間によって出てくるモンスターが違うのかな）

《可能性としてはあり得るな》

かつて25階層では時間経過で季節が変わり、それにより出てくるモンスターががらりと替《か》わった。もしかしたら、この砦でも同じかも知れないと思うのは順当な推測というものだろう。

強い敵とは戦いたいが、強すぎる敵とは戦いたくない。

そんなワガママにも近いことをやっていくのがレベリングだが、日中に登場しないのであれば好都合だ。

そうしたハヤトたちが一階の探索をほとんど終えたころ、澪がハヤトの服の裾《すそ》を引っ張りながら尋《たず》ねた。

「師匠《ししょう》。時間、大丈夫《だいじょうぶ》そうですか？」

「……ん？　あぁ、そろそろ出るか」

時計らしい時計はハヤトのスマホしかないのだが、ポーチが邪魔《じゃま》なのでアイテムボックスに格納してからというもの完全に時間が狂《くる》ってしまっている。

アイテムボックスの中に入れたものは時間が止まるので、ハヤトのスマホも同様に入れていた時間分、時計がズレているのだ。

　これが外だったら、勝手にネットワークから時間を調整してくれるのだろうが、あいにくとハヤトたちがいるのはダンジョンの中。そんな便利なことはやってくれない。

　少し集中しすぎたな……と、ハヤトがやや後悔《こうかい》しながら一階の出口に向かった瞬間《しゅんかん》に、それは起こった。

「あ、あれ？」

「……おかしい」

　入り口が、無かったのだ。

　いや、正確には閉じられていると言った方が正しいか。ハヤトたちが入ってきた入り口は大きな扉《とびら》によってしっかりと閉じられてしまっており、外には出られなくなっていた。

「どういうことだ……？」

　困惑《こんわく》しながら、ハヤトは扉を強く押《お》す。しかし、びくともしない。完全に閉じられてしまっている。

（閉じ込められた……みたいだ）

《……いや、まさかな》

　しかし、困惑しているのはハヤトたちだけではなく、ヘキサも明らかに狼狽《ろうばい》していた。

ふわふわと浮かびながら、顎《あご》に手をあてて完全に思考状態。

そして、ある程度思考がまとまったのか、小さく漏らした。

《ハヤト。もしかしたら、マズイことになったかも知れん》

（もう十分マズイと思うが）

《さらに悪いことだ。さっき扉を押しても開かなかっただろう。逆に、この砦に入るまでは完全に入り口が開いていた。同じような仕組みをお前は知らないか？》

ハヤトはヘキサの問いかけに少しだけ思考して……恐《おそ》る恐る尋ねた。

（階層主《ボス》部屋か……？）

《そうだ》

（いや、待て。それはおかしいだろ）

確かに階層主《ボス》部屋は、探索者が中に入るまでは扉を開いて招き入れる。そして、階層主《ボス》を倒すか、探索者が部屋の中で全滅《ぜんめつ》するか、あるいは『転移の宝珠《ほうじゅ》』を使うまでは扉が開かない。

ヘキサに言われてから確かに階層主《ボス》部屋の作りに似ていると思ったハヤトだが、しかし明らかにおかしな点がある。

（俺は一度、ここに入ってる。もし扉が閉じるなら、その時のはずだ）

《私もそれは考えた。だが……あの時と違うことが二つある》

（時間か……？）

入った時間。

ハヤトが最初に思いついたのはそれだった。68階層にやってきた日、食料を探して砦の中に入った時は深夜だった。

だから、あの時には反応しなかった。

《その可能性もあるだろう。だが、私はもう一つの可能性が高いと思う》

（……もうひとつ？）

《人数だ》

（……ッ！）

ダンジョン内には隠《かく》し部屋というものが存在する。

特定の条件を満たすことで、隠された部屋に入ることができるというそれは、宝箱がある部屋やモンスタートラップの部屋など、バリエーションに富んでいる。

だとすれば、そこに準階層主《ニアボス》部屋があってもおかしくはない。

さらにいえば、準階層主《ニアボス》部屋として活性化する条件が複数人で砦に入るだけ……というものであれば、発見の難易度も高くはない。

そして、もしその仮説が正しいのだとすれば、ハヤトたちがここから出るには準階層主《ニアボス》を倒すか、あるいは。

「し、師匠！　どうしましょう⁉」

「外に出られる場所を……探す？」

澪とロロナが焦《あせ》ったようにハヤトに近寄る。

もし外に出られるのであれば、確かにそれで良いだろう。しかし、ハヤトたちが探索したばかりの1階には窓も出口も存在していなかった。

もしかしたら、目の前できっちりと閉じている扉こそが、この砦から外に出るための唯《ゆい》一《いっ》かも知れない。そして、同様に準階層主《ニアボス》も1階にはいなかった。

だから、彼《かれ》らが向かう先はおのずと決まる。

「……上だ」

ハヤトは落ち着いた様子を見せるように上を指差した。

「上に行こう」

澪もロロナも、ハヤトの言葉に頷いた。

彼女たちも理解をしているのだ。ここから脱出するためには上に上るしかないと。

「こんなことなら、もっとちゃんと用意しとけばよかったな」

「用意って……何の用意ですか？」

「……もう少し城壁の中でレベリングとかさ」

ハヤトがそう言うと、澪は少しだけ眉《まゆ》を顰《ひそ》めた。彼女もそれができれば苦労しないと言わんばかりである。

そもそも、砦を攻略するためにステータスを上げる必要があり、そのために砦にやってきたのだからハヤトの言っていることは全くの見当違《けんとうちが》いというか、後の祭りなのだが、しかし思わずにはいられないことでもある。

そういうわけで彼らは蜘蛛《くも》の巣のように張り巡《めぐ》らされた階段を上りながら、上を目指すことにした。

「ロロナ。ＭＰの残りは？」

「……30くらい。【重力魔法】は、あと三回だけ……使える」

「全回復するにはどれくらいかかる？」

「六時間くらい」

「……わかった」

肝心要《かんじんかなめ》のロロナの魔法だが、残り回数がシビアになると思わずハヤトの顔も険しくなる。

この先にＭＰ回復ポーションか何かがあれば、ロロナのＭＰを回復させることもできるが、それを望むことも厳しいだろう。何しろ、これまでの攻略でモンスターたちはポーション系のアイテムをドロップしていない。

ということは、68階層のモンスターたちが、そういうアイテムを落とさない可能性の方が高いのだ。

だからこそ、残ったMPでやりくりをしていく必要がある。

（……砦《とりで》の中に安全圏《セーフエリア》とかないかな）

《ないだろ》

ハヤトのすがるような言葉を、ヘキサは一言でバッサリ切り捨てた。

理由は簡単。すぐ近くの城壁にあるからだ。

安全圏《セーフエリア》は一定の間隔《かんかく》ごとに設置されている。同じ場所に固まって複数個存在するといった激戦区のコンビニみたいなことにはならないのだ。

だからこそ、ハヤトの頼みの綱《つな》も否定されている。

（どこかでロロナを休ませないと……）

《澪は良いのか？》

（……澪もだ）

知らず知らずのうちに思考がロロナ偏重《へんちょう》となっているところをヘキサに指摘されて、ハヤトは苦虫を噛《か》み潰《つぶ》したような表情を浮かべた。

二人の弟子を差別せず、区別することなく育てようと思っているハヤトだが、やはり持っている才能を前にして……どうしてもそういう差を見てしまう。

それが何よりも自己嫌悪《けんお》に繋《つな》がって、顔をしかめたのだ。

そうして階段を上っている三人が四階にたどり着いた瞬間、それよりも上に上る階段が対面にあることに気がついた。

「……向こうまで行かないといけないのか」

「遠いですね」

「面倒《めんどう》だな」

対面までの距離《きょり》はおよそ二十メートル。ハヤトが頑張《がんば》れば飛び越《こ》えられないほどの距離ではないが、弟子二人には厳しいだろう。

吹き抜けの周りは口の字形になっており、回廊《かいろう》のように空中廊下《ろうか》があるにはあるのだが階段まで直接行けないように壁が設置されている。恐らくはこの四階を探索して、対岸まで向かう必要があるのだろう。

それが分かってしまっているからこその『面倒だな』だ。

「少し探索が続いているし、向こうに渡《わた》る前にどこかで休むか」

「安全圏《セーフエリア》探しですか？」

「いや、無いと思う。危ないけど、ここは見晴らしが良いしモンスターが来ればすぐに逃《に》げられるから、ロロナのMPが半分になるくらいまでここで待てば……」

と、ハヤトがそこまで言いかけた瞬間、階段の上段から落ちてきたモンスターと目があった。

人間の頭蓋骨《ずがいこつ》だけが見えている黒い甲冑。見間違《みまちが》えるはずもない。

「モルトノス・ナイトッ！」

『Ｓｈｕ！』

ハヤトが吠《ほ》えると同時。骸骨騎士は落下の最中であったのにもかかわらず、手すりを掴《つか》むと片手の力だけで重力を振り払って飛翔。ハヤトたちの真正面に飛び出した。

「……ッ！」

しかし、ハヤトもモンスターのやりたいようにはさせない。

飛び上がってきたモンスターに向かって熔鉄の大剣を薙《な》ぐ。ごう、と空気が切り裂《さ》かれて骸骨騎士が野球ボールのように対岸に飛んだ。

そして、勢いそのままに二階と三階を繋ぐ階段に激突。木製の手すりを砕いて、大の字に寝転《ねころ》がった。

「休憩《きゅうけい》は無しだ！　今すぐここを離れるぞ！」

「は、はい！」

厄介《やっかい》な相手に見つかったが、時間帯的には出現してもおかしくないモンスター。

「ハヤト。魔法は……？」

「まだ使うな。ロロナの魔法は使いどころがある」

「……う、うん」

ハヤトに頼《たよ》られたことで、少しだけ気分を良くしつつロロナが頷く。

「澪もだ。手を出すな。死ぬぞ」

「は、はい！」

まだモンスターが倒《たお》れている間にハヤトは近くにあった扉を開いて、中に飛び込んだ。

その瞬間、鼻を刺激《しげき》するのはむせてしまうほどの埃《ほこり》の臭《にお》い。

「うわ……。すごい臭いだな……」

「わっ。本だらけですよ。図書室なんですかね？」

ハヤトが中を見れば、恐らく四階と五階にまたがって作られていると思われる巨大《きょだい》な図書室がそこにあった。

「……古本の臭いか。道理で埃っぽいわけだ……」

《道理でって……。お前、本読まないだろ》

（うるせッ！　いま言ってる場合か！）

しかし、事実なので大きな声で反論もできない。

「ハヤト。あそこ、梯子《はしご》」

「え？　あ、ほんとだ……」

ロロナが指さした場所を見れば確かに上に繋がる梯子が見えた。それを見た瞬間に、ハヤトは先ほど四階から五階に繋がっている階段が無かったことを理解した。

恐らくは、図書室《ここ》を経由して上に登ることを考えて設計されているのだ。

「お前ら先にいけ。俺《おれ》は」

最後を行く、と続けようとしたハヤトの声を遮《さえぎ》るように図書室の扉が砕け散った。

『Ｗｏｏｏ〇〇〇〇〇！！！！！』

そして現れるのは燃《も》え盛《さか》る骸骨の騎士《きし》。

ハヤトの振るった熔鉄の大剣が直撃《ちょくげき》したことによる『残火』属性が騎士の体力を削る。

バチバチと火花を爆《は》ぜさせながら騎士が跳躍《ちょうやく》。まるで砲弾《ほうだん》のような速度でハヤトに向かって進撃《しんげき》。右手で構えた剣《けん》を大きく振り下ろす。

しかし、ハヤトにとって格上との戦いは初めてのことではない。

だからこそ、ただ強いだけであれば簡単にいなせる。

ズンッッツ！！！　図書室の棚《たな》が大きく揺《ゆ》れて、本が滑《すべ》り落ちる。ハヤトは剣の振り下ろしを右手で受け止めた状態で、左手でモルトノス・ナイトに触《ふ》れる。

「――『星穿《うが》ち』ッ！」

ハヤトの全体重が音の速度を超《こ》えて、骸骨の騎士に直撃。

再びモンスターを大きく吹き飛ばす。

「早く登れッ！」

その隙《すき》にロロナと澪に指示。彼女たちは焦った様子で梯子に向かって走りだす。

それを横目で見ながら、ハヤトは構える。

《手慣れてきたな》

（……手慣れてるんじゃない。そういう風に作ってあるんだ）

ハヤトの言葉は咲桜《さくら》の慧眼《けいがん》に対する称賛《しょうさん》であり、自分では届かぬ高みに生まれたときから存在している咲桜への僻《ひが》みでもある。

天原の技は祓魔《ふつま》の技。〝魔〟とはつまり、人の身では至れぬ怪異《かいい》のことだ。だからこそ、それを祓《はら》うものは〝魔〟よりも強くなければならない。そして、天原の技はそのために千二百年という時をかけて洗練されている。

その中の一つが、『星系《つらなりぼし》』と呼ばれる技の仕組みだ。天原の技は全てどの技からでも繋がるように作られている。

それは天舞《ま》う星が一つで存在しないように、天原の星もまた、一つでは完結しない。

そして『星穿ち』を考案した草薙《くさなぎ》咲桜はそれを見抜《みぬ》いていたのだ。

『天降星《あまだれぼし》』は地面に足が着いている状態であれば、身体に叩《たた》き込まれた衝撃《しょうげき》をルートの選《せん》択《たく》はあれど、地に受け流す。言ってしまえば、『星穿ち』の全く逆をする。

だから、この二つは簡単に連なる。

『Ｓｈｕ……』

小さく声を漏《も》らしながら、骸骨の騎士が立ち上がる。ハヤトの『星穿ち』を真正面から喰《く》らったのにもかかわらず甲冑《かっちゅう》がわずかに砕けているくらいしか、有効打を確認《かくにん》できない。確認できないのに加えて、モルトノス・ナイトには二段階目が存在している。

……厄介だ。

「師匠！　私たち登りました！」

その時、ハヤトの直上から声が落ちてきた。

騎士から視線を外すわけには行かないので、ハヤトは澪たちを見ることはできない。だが、それでも弟子《でし》たちが上に登っていることは分かった。

分かったからこそ、ハヤトは騎士に立ち向かえる。

〝【身体強化Lv5】【徒手の開眼】【撃震脚《きやく》】をインストールします〟

〝インストール完了《かんりよう》〟

（どうやら【スキルインストール】は俺に素手《すで》で戦えって言いたいみたいだぜ）

《お前の生み出す武器が弱いのが悪い》

ハヤトはヘキサの軽口に少しだけ半笑いを浮かべると、再び飛びかかってきた骸骨騎士の突《つ》きに合わせて拳《こぶし》を突き出す。

しかし、骸骨騎士は直前で剣を下に逸《そ》らしてハヤトの腹部を狙った。それに合わせるようにハヤトは槍《やり》を生成。突如として生み出された障害物に弾《はじ》かれて、騎士の剣が逸れる。

それに合わせて、ハヤトの正拳突《せいけんづ》き。

前に踏《ふ》み出しすぎている騎士の首元に直撃。さらに追撃《ついげき》の左を叩き込む。瞬《まばた》きする間の二連撃に思わず騎士がたたらを踏んだ瞬間、ハヤトは【撃震脚】による踏み込みと同時に騎士の身体を蹴《け》り上げた。

だが、モルトノス・ナイトはその程度で怯《ひる》みはしない。

大きく上体を反らしてハヤトの蹴り上げを回避《かいひ》した骸骨の騎士は、大きく反った背からバネのように身体を絞《しぼ》ると神速の突きを放つ。だが、体勢を崩した上体では狙いも定まらずハヤトの右足を浅く斬《き》りつけた。

「危ねぇッ！」

思わず声を出しながら、ハヤトは目の前にやってきた長剣《ちようけん》を踏みつける。同時に【撃震脚】を発動。モルトノス・ナイトの武器を破壊《はかい》。

地面がびりびりと震《ふる》えて、近くにあった本棚《ほんだな》が倒れるとドミノのように周りを巻き込んで倒壊《とうかい》が広がっていく。

その光景をものともせず、ハヤトは骸骨騎士が起き上がるよりも先に生み出した長剣を使って騎士の頭蓋骨に手を当てた。

「『星穿ち』ッ！」

二度目の衝撃《インパクト》。撃力《げきりよく》を逃がす場所もなく、見事に直撃したモルトノス・ナイトは頭を砕け散らかすと大きく身体を震わせて、その場にぐったりと倒れた。

「し、師匠！　今のうちに！」

「いや、まだだ」

次の瞬間、ハヤトの言葉を証明するかのように、激しく霧《きり》が渦巻《うずま》いてモルトノス・ナイトに吸《す》い込まれていく。

それと同時に甲冑が壊《こわ》れるとハヤトが砕いたはずの長剣が、気がつけば騎士の手に握《にぎ》られている。

「……二段階目か」

そして、先ほどと違うのは騎士の姿だろう。

先ほどまで骨だけだった騎士の身体には筋肉が戻っており、体躯《たいく》も今までより二周りほど大きくなっている。そして、肉を取り戻した顔には頭蓋骨代わりの仮面。

これもまた、髑髏《どくろ》を象《かたど》った代物《しろもの》。

「……丁寧《ていねい》なことだ」

思わずハヤトがそう漏らす。どうやらモチーフとなるものは二段階目になったとしてもなくならないらしい。

（消えてるな）

《残火か？》

（ああ）

ヘキサの問いかけに、ハヤトは短く首肯《しゅこう》。

不幸なことにハヤトが骸骨騎士を倒してしまったため、『残火』属性が消えており彼の体力を削るものが存在していない。

「もっかい火ィ付けてやるよ」

だが、だとすれば再び状態異常に落とせば良いだけの話だ。

二段階目を相手にしたハヤトがそう構えた瞬間、肉づいたモルトノス・ナイトがばっ！と、弾かれたように上を見てバックステップを取った。

思わず釣《つ》られてハヤトも距離を取る。何が起こったのか理解をするよりも先に、ハヤトたちの真正面に雪崩《なだれ》のように落ちてきたのは尨大《ぼうだい》な白。

遅《おく》れて上を見たハヤトの目に飛び込んできたのは、体長が七メートルはある巨大な蜘蛛。

ハヤトの視線に釣られて上を見たロロナと澪が小さな悲鳴をあげた。

《『ストレンジ・スパイダー』か！　また面倒な相手だッ！》

鉄砲水《てっぽうみず》のような蜘蛛の糸は、本棚を巻き上げながら上に引っ張っていく。その中には完全に巻き込まれたモルトノス・ナイトもいて、

（……あれが準階層主《ニアボス》ってことはないよな？）

《あれはただのモンスターだ》

ヘキサの言葉に「うへぇ」と思わず漏らしたハヤトだったが、次の瞬間、上に向かってあがっていた蜘蛛の糸がど真ん中から真っ二つに断《た》ち切れた。

「……うん？」

斬撃を放ったモルトノス・ナイトは地面に落下。埃を巻き上げて着地すると同時に、再

び飛翔する斬撃をストレンジ・スパイダーに向かって放つ。

「あいつ、【鎌鼬《カマイタチ》】を使えるのかよ……」

一段回目では使ってこなかった剣術《けんじゅつ》系のスキル。もしハヤトが何も知らないままに相対していたら斬られていただろう。

しかし、ストレンジ・スパイダーは騎士の斬撃を再び糸の暴力で防ぐ。

どぶっ！　と、質量に物を言わせた押し潰しによって斬撃は蜘蛛まで届くことなく霧散《むさん》する。

「ハヤト、今なら……逃げれる」

「いや、逃げない」

「……え？」

先に梯子を登っているロロナが思わず気の抜《ぬ》けた声を漏らす。

確かにモンスターたちが戦っている、いまこそが逃げ出す好機だろう。

しかし、願ってもないチャンスであることもまた事実だ。

「ロロナ。あの蜘蛛に向かって【重力魔法】を使えるか？」

「……使える、けど」

図書室の天井《てんじょう》に張り付いた巨大な蜘蛛が垂らした巨大な糸。

それを駆《か》け上っていく騎士を見ながらロロナが漏らした。

「分かった。澪、そこから落とした蜘蛛を【紫電一閃《しでんいっせん》】で斬れるか？　斬った後、同じようにして戻《もど》ってこれるか？」

「斬れます。戻るのも、出来ると思います」

「よし。じゃあやるぞ」

騎士が蜘蛛の身体を斬りつけるが、巨体故《きょたいゆえ》に有効打にならない。

それを見ながら、ハヤトは笑った。

「良いとこ取りだ」

言うと同時、ハヤトはロロナに指示。

彼女《かのじょ》は蜘蛛に向かって、【重力魔法】を発動。天井に張り付いていたストレンジ・スパイダーはそのまま落下。図書室を粉々に砕きながらモルトノス・ナイトを巻き込《こ》んだ。

当然、モルトノス・ナイトがその程度で倒れないとハヤトは知っている。知っているからこそ、澪に指示。

「澪、目だ！　目を狙え！」

「はい！」

答えた澪が僅《わず》かな紫電を残して、その場から消える。少し遅れて、澪の刃《やいば》が蜘蛛の目玉を一つだけ切り裂いた。パシャッ！　と、熟《う》れた果実が破裂《はれつ》するように、巨大な眼球が破れる。

当然、ストレンジ・スパイダーはその身に起きた異変に気がついている。その巨大な脚を使って澪を潰そうとしたが、宙を空振る。彼女は既《すで》にハヤトの後ろに立っているからだ。

「ナイス！」

「ちょっと緊張《きんちょう》しました！」

師匠《ハヤト》の言葉に笑顔《えがお》で答える澪。これで蜘蛛が死んだ時、ロロナも澪も同時にステータス上昇《じょうしょう》の恩恵《おんけい》に与《あずか》ることができる。後はハヤトだけだ。

だから、ハヤトが地面を蹴ったその瞬間だった。

地面から煌《きら》めくような斬撃が放たれると同時に、蜘蛛の脚が二本も切り離《はな》されたのは。

「……やっぱり死んでないよな」

加速した手前、戻ることもできず蜘蛛に突進《とっしん》するハヤト。

そんなハヤトの言葉に応えるように、地面から飛び上がったモルトノス・ナイトは膂力《りょりょく》任せに剣を振るうと、さらに追加で蜘蛛の脚を一本切り落とす。

だが、それを嫌《いや》がったストレンジ・スパイダーは糸を吐《は》き出して騎士を捕《と》らえた。そして、そのまま突進。あまりにも原始的な攻撃だが、その分威力《いりょく》はお墨付《すみつ》きだ。

満足に受け身も取れず騎士の身体が吹《ふ》き飛ばされた。

〝【徒手の開眼】を排出《イジェクト》〟

〝【叫獄《きょうごく》なる重撃】をインストールします〟

〝インストール完了〟

残された蜘蛛に向かってハヤトは、再び手元に熔鉄の大剣を召喚《しょうかん》。

「おオッ！」

そして息を吐き出しながら、スキルを発動。

ズガガガガッッツツ！

ハヤトのやたらめったらな連撃は、全てがストレンジ・スパイダーの頭に吸い込まれた。

自動車一つはありそうな巨大な頭だったが、しかしハヤトの連撃で大きく凹《へこ》む。

さらに追撃を叩き込むべくハヤトは蜘蛛の腹に深々と刃を突《つ》き刺して、体重に任せて剣を引く。次の瞬間、蜘蛛の身体から紫色《むらさきいろ》の体液が溢《あふ》れ出すと、本を汚《よご》して、身体の中にしまい込んでいた白い液体を吐き出した。

『GiiiiIIIII！！！！！！』

痛みに堪《た》えかねるような蜘蛛の悲鳴。

金属製の食器をぶつけ合ったかのような聞き心地《ごこち》の悪い音を響《ひび》かせる。だが、それでハヤトは手を止めない。そのまま痛みに悶《もだ》える蜘蛛の腹に『V』の字を描《えが》きながら巨体を駆け上がる。

「おらァッ！」

そして、大きく吠えながら剣を振り払った。

ストレンジ・スパイダーは飛び上がったハヤトに向かって、糸を吐き出そうとしたように見えたが、わずかに口元の牙《きば》が震えるだけで何も起きない。

そして飛び上がったハヤトはその勢いのまま、大剣《たいけん》を蜘蛛の頭に振り下ろした。

ドンッ！　と、全体重が大剣一本に集中し、固い外骨格を簡単に貫《つらぬ》いて炎《ほのお》が吹き荒《あ》れた。

その瞬間にストレンジ・スパイダーは絶命。黒い霧になって消えていく。

刹那《せつな》、ハヤトの身体に溢れんばかりの力が込み上がってくる。

（『ステータス・ハイ』だ！　初めてなった！）

《良かったな》

それは探索者《たんさく》たちの間でまことしやかに囁《ささや》かれている都市伝説。身に余る強敵を倒すと一気にステータスが上がることで、成長を実感できるのだという。そして、溢れ上がったステータスによる高揚《こうよう》感と万能《ばんのう》感。

その状態を『ステータス・ハイ』と呼ぶ。

そして、ハヤトはその勢いのままモルトノス・ナイトに飛び込んだ。地面に倒れたままの騎士に向かってハヤトは大剣を振《ふ》り下ろす。初撃、二撃、三撃。その回数は一呼吸する間に二桁《けた》を超える。そのスキル名を【叫獄なる重撃】。

残されたのはボロ雑巾《ぞうきん》のようになったモルトノス・ナイト。まだ動いている手をハヤトは踏み抜いて、首を叩き切った。

そして、ようやくモルトノス・ナイトは絶命。

黒い霧になって消えていき……その後に、黒塗《くろぬ》りの長剣を残した。

「よっしゃァ！」

完全なる漁夫の利を実現させたハヤトは有頂天《うちょうてん》。声をあげながら思わずガッツポーズを取ってしまう。

「師匠！　やりましたね！」

「ここまで上手《うま》くいくと思ってなかったけど……大成功だ」

ハヤトはそう言いながら黒塗りの長剣を拾い上げると、澪に手渡した。

「これ、さっきの騎士のドロップアイテムだ。澪が使って良い」

「ほんとですか⁉　で、でも私……何もできていなかったですけど……」

「いや、澪は蜘蛛の目を潰しただろ？　活躍《かつやく》してたって」

「そ、そうですかね……？」

ハヤトに褒《ほ》められた澪の顔は嬉《うれ》しさよりも安堵《あんど》が溢れているようで、

「少しここで休もう。さっきの蜘蛛がここの主っぽいし、他のモンスターはしばらく近寄ってこないだろう」

ハヤトはそう言って、崩《くず》れ落ちた本の上に座《すわ》った。

遅れて澪もそれに合わせるようにして座ると、一人だけ五階にいたロロナも梯子を降りてからハヤトたちのもとにやってきた。

「ハヤト。私、おかしい」

「どうした？」

「さっきから、ずっと手の先がぽわぽわする」

「ぽわぽわ……。身体の内側から力が湧《わ》き出てくる感じか……？」

「それ。よくわかった」

「あぁ、いや。それ『ステータス・ハイ』って言ってな。急にステータスが上がると、そういうことになるんだよ」

「そう、なんだ。ちょっと安心」

ロロナはそう言うと、少しふらつきながらハヤトの横に座る。

「大丈夫か？」

「ちょっと気分が、悪い。MPが足りないからかも……」

「ああ、MP切れか」

ハヤトの相棒《ユイ》がそれで吐いたことを思い出しつつ、ハヤトはロロナに問いかけた。

「しんどいなら横になっても良いんだぞ？」

「なら、そうする」

ロロナは言うが早いか、帽子《ぼうし》を抱《かか》えると座り込んでいるハヤトの膝《ひざ》を枕《まくら》にして横になった。

「あっ！　ロロナちゃんズルい……じゃなくて！　師匠も疲《つか》れてるのに！」

「でも、ハヤトが横になって良いと言った」

「むむ！　師匠もそれで良いんですか！」

「……澪も横になっていいぞ」

「失礼します！」

さっきまでの剣幕《けんまく》はどこへやら。

澪は凄《すさ》まじい勢いで横になると、ハヤトの膝に頭を乗せた。

《愛されてるな》

（……全くだよ）

ヘキサのおちゃらけた言葉にハヤトはそう返すと、弟子二人を見つめた。しかし、見つめられた弟子たちだがロロナは既に目を瞑《つぶ》っており、澪は澪で顔を赤くしたままハヤトから視線を逸らした。

ハヤトは両脚《りょうあし》に弟子二人の頭の重みを感じながら、しばらくの間どうして良いか分からず、困ったのでとりあえず頭を撫《な》でた。

そうして数度頭を撫でているとロロナが綺麗《きれい》な寝息《ねいき》をあげはじめたので、そっと手を離す。

《お前は休まなくて良いのか？》

（座れれば良いよ。俺まで眠《ねむ》ったらいざって時に動けないし）

《そうか？　お前が良いなら良いんだが》

少しだけ心配そうにしていたヘキサだったが、ハヤトの元気そうな声色《こわいろ》に安心したような表情を浮《う》かべた。

とはいえハヤト自身も疲れてはいるので、目を瞑ってしばらく休んでいると、とても小さな声で澪が漏らした。

「……師匠《ししょう》」

「どうした？」

「その……。あの……」

「言いたくないなら無理して言わなくて良いぞ」

気を遣《つか》ってハヤトがそう言うと、澪はすっと黙《だま》り込んでうつむいた。

そして、しばらく沈黙《ちんもく》を保つと……ようやく、意を決した様子で口を開いた。

「私とロロナちゃん。どっちが弟子にして良かったですか……？」

その質問に思わずハヤトは心臓を鷲掴《わしづか》みにされたような感覚に陥《おちい》って、それでもそれを見せないようにして問い返した。

「どうした？」

「だって……。師匠は、ロロナちゃんばっかりを頼ってるじゃないですか」

「…………」

それをハヤトは否定できなかった。

いや、しなかったという方が正しいかも知れない。そこで変な否定を入れる方が、澪の心を傷つけると思ったから。

「あのな、澪」

「……はい」

「俺はどっちを取った方が良いとか、悪かったとか。そんなことを思ったことはないよ」

「……でも」

「澪の気持ちも分かる。俺も昔はそうだったからな」

「そうだった……とは？」

「うん？　そりゃ、ステータスが低くてダンジョンに入った時にはマトモなスキルなんて一つも無くて、親とも別居してたってことだよ」

「…………」

ハヤトの流れるような言葉に、澪は少しだけ顔をあげた。

「師匠のステータスが低かったなんて信じられないです」

「そうか？　俺は二ヶ月前まで3階層で燻《くすぶ》ってたんだけどな」

「…………」

「だから俺は澪のことを弟子に取って良かったと思ってるよ。俺と会ってくれて、良かったと思ってる」

「……師匠が」

「うん？」

「師匠がそんなことを言えるとは、思ってなかったです」

「どういうこと？」

「……何でもないです」

問い返したハヤトだったが、澪はすっとそっぽを向いた。

「澪はどうだ？　俺のところに来て……その、良かったか？」

「……はい」

す、と横になったまま澪は頷《うなず》く。

「師匠以外の人だったら、捨てられてたと……思います」

「捨てる……。捨てないだろ、師匠なんだから」

「……だって私は、何にもできないですから」

澪の独白にそっとハヤトは頭を撫でる。それ以外に、ハヤトは彼女への応え方を知らなかった。何よりも、彼自身が彼女と同じなのだから。

ハヤトたちの休憩は二時間近く取ることができた。

ロロナがそのタイミングで目を覚ましたからだ。テンションの低いロロナだが、寝起《ねお》きはそう悪くないのか起きるなりすっと身体を起こして立ち上がった。

「……かなり、寝《ね》た」

「MPは回復した？」

「うん。それなり」

ロロナはそう言って自身のMPを確認。ハヤトにも見えるように表示を反転させると、確かに六割ほどまで回復していた。

「じゃあ、行くか」

ハヤトはそう言うと、澪と一緒《いっしょ》に立ち上がった。ちなみに澪は自分の不安を全部吐き出すだけ吐き出してからガチ寝に入っていたので、ハヤトは結局ヘキサと喋《しゃべ》って時間を潰すことになってしまった。

「ねぇ、ハヤト。もし、このまま砦から出られなかったら……どうする？」

「どうだろうな。ダンジョンがずっと俺たちを閉《と》じ込めるとは考えにくいが」

準階層主部屋《ニアボス》になっているという話もロロナと澪にはしているのだが、やはり百パーセント信じ切ってはいないようだ。

そもそもだが、階層主《ボス》が部屋にいるからこそ、その場所を階層主《ボス》部屋と呼ぶのだ。まさか建物そのものが階層主《ボス》のテリトリーになっているなど、探索者であればこそ信じられないことなのだ。

ハヤトとて、ヘキサがいなければ素直《すなお》に信じてはいなかっただろう。彼《かれ》はロロナにどこまで説明するべきか、して良いのか悩《なや》みながら口を開いた。

「ダンジョンは基本的に俺たちに対して『飴《あめ》と鞭《むち》』を使い分けてくる。鞭の先には飴があるんだ」

「……そう、なの？　だとしたら、どこかに出口がある？」

「俺たちが入ってきたところが開くんだろうな。本当に準階層主《ニアボス》がいるんだったら、それを倒したら……開くはずだ」

ハヤトもヘキサから聞きかじった知識ゆえ、確証を持ったことが言えずにふわふわしてしまう。そんなことを言いながら彼らは5階に上がり、完全に崩れ去った図書室を後にする。

二時間ぶりに戻ってきた吹き抜けでは、ひゅう、と冷たい風が階下から舞い上がってきてハヤトたちの体温を奪《うば》っていった。

「寒いですね……」

「急に気温下がったな……」

思わず身震《みぶる》いした澪に、ハヤトも頷く。

しかし、この寒さはどうにも身に覚えがあるな……と、ハヤトが思考を巡《めぐ》らせていると、すぐに思い当たった。

この砦《とりで》の中に入ったばかりの時に、感じた寒さだ。

「外が寒くなったとかですかね」

「他の階層ならあるかもだけど、ずっと同じ季節なのに急に冬が来るとかないと思うんだけどな」

なんて、そんなことを言った瞬間《しゅんかん》、ハヤトはすぐ近くにある階段を半透明《はんとうめい》の何かが通り抜けたのを見た。

「……ん？」

思わずハヤトの視線がそちらを向く。

モルトノス・ナイトや、昼間に戦ったピエロたちとは明らかに違《ちが》う敵。その相手に気がついたのは、ハヤトたちだけではなかった。

ばっ！　と、半透明のソレが凄まじい勢いで振り向いたのだ。

『GyaaaaaAAAAAAAAAAA！！！！！！』

そして、モンスターが叫《さけ》んだ。

叫びを聞いた瞬間、ハヤトの身体がまるで金縛《かなしば》りになったように硬直《こうちょく》する。

（『麻痺《パラライズ》』……。いや、違う。『恐怖《きょうふ》』かッ！）

《『嫉妬の鳴霊《ヴィディア・ゴースト》』だッ！　逃げろ、ハヤトッ！》

　ヘキサの叫びに応じるように、【スキルインストール】が応えた。

〝【恐怖耐性《きょうふたいせい》】【魔祓《まはら》い】【墜惰耐性《ロストたいせい》】をインストールします〟

〝インストール完了〟

　声が聞こえた瞬間、ハヤトの両脚が自由になる。

　それと同時、ハヤトは【スキルインストール】が身体に入れた聞いたことのないスキル名に戸惑《とまど》いながらも、身体が勝手に動いていた。

《澪とロロナを担《かつ》いで逃げろッ！》

（分かってるよッ！）

　ヘキサがハヤトに叫んだ理由は単純。嫉妬の鳴霊《ヴィディア・ゴースト》の叫び声に含《ふく》まれている状態異常『墜惰《ロスト》』にある。『残火』属性のようにＨＰを削《けず》る状態異常だが、『残火』と違い一定割合のＨＰをごそっと削る。

　そして今、幽霊《ゆうれい》の叫び声でハヤトのＨＰが一割ほど削られている。それは【墜惰耐性《ロスト》】が入ったことにより、途中《とちゅう》でＨＰの減少が止まっているからだ。

　だが耐性がない二人のＨＰは聞き続ければ聞き続けるほど削られ続ける。

《『墜惰《ロスト》』はＨＰの減少下限がない。このまま聞き続ければ死ぬぞッ！》

（……分かってるッ！）

『残火』属性や『猛毒《もうどく》』属性はゆるやかにＨＰを減少させるが、その反面ＨＰを完全に削り切ることはできない。

だが、『墜惰《ロスト》』は違う。これは命を完全に削り切る。そして探索者にとって、ＨＰは絶対だ。

一切《いっさい》の負傷が無くとも、全くの健康体であろうとも、ＨＰが０になれば人は死ぬ。ダンジョンに入り、ステータスという絶対を手にした探索者に与《あた》えられる絶対は、必ずしも人に微笑《ほほえ》むとは限らない。

嫉妬の鳴霊《ヴィディア・ゴースト》の叫び声は一定範囲《はんい》まで『墜惰《ロスト》』の効果を持っているが、距離《きょり》を取るとその効果は無効化される。

《追いかけてきてるぞッ！》

（はぁッ⁉）

ちらりと後ろを振り向くと、確かに幽霊はふわりと階段を飛び移ってからハヤトたちの後ろを走ってきている。

（追い払《はら》うか？）

《やめとけ。相手は幽霊《ゴースト》系のモンスター。物理攻撃《こうげき》の効きは弱い》

ヘキサの言葉はハヤトの中に入っている【魔祓い】スキルを加味してのもの。本来、幽霊系《ゴースト》は物理攻撃が通用しない。効きづらいとかではない。物理攻撃が効かないのだ。だが、そんなモンスター相手でも探索者たちが対抗《たいこう》できるようになるスキルが【魔祓い】である。

そうであるのだが、しかしだからといって魔法《まほう》よりも有効というわけではない。だから、ハヤトが取れるほぼ唯一《ゆいいつ》と言っていい策が逃《に》げることなのだ。

澪もロロナもハヤトの腕《うで》の中で金縛りのように強張《こわば》っている。こうなってしまうと、『恐怖』が切れるまではこのままだ。だから、ロロナの魔法に頼《たよ》ることもできない。

《ハヤト！　上だ！　部屋が空いている！》

（どこッ⁉）

《斜《なな》め右上！》

ヘキサに言われるがままハヤトが視線を飛ばすと、確かにそこにはポッカリと扉《とびら》が開いている部屋が一つ。まるでハヤトたちを誘《さそ》っているかのように。

そう悟るや、ハヤトはそのまま跳躍。弟子二人を抱えているとはいえ、彼は前線攻略者《フロントランナー》。その程度の制約など気にすることなく一気に十メートルを飛び越《こ》える。

手すりを飛び越え、右と左でそれぞれ地面を踏み抜いて着地。そのままの勢いで部屋の中に飛び込んだ。

次の瞬間、扉が凄まじい勢いで閉じる。

ハヤトの眼の前に広がるのは奥行《おくゆ》き三十メートルはありそうな部屋で、横幅《よこはば》も二十メートルほどはあると思われる。

とにかく広い。恐《おそ》らく砦の最上階を全て一部屋にしているかのような広い部屋。

そして、その最奥《さいおう》。そこに控《ひか》えているのは丸みを帯びた身体の機械。いや、ゴーレムか。

「……良い感じじゃない？」

見て分かる。そこにいるのが準階層主《ニアボス》であることくらい。

そもそもだが階層主《ボス》と戦闘《せんとう》になった際、扉が閉まった瞬間に他のモンスターは部屋内に入ってこられない。それに加えて、このような複数部屋が存在しているエリアにおいて、最初から扉が開いているのは、階層主《ボス》部屋以外にありえない。

だからヘキサはここにハヤトを誘ったのだ。

ハヤトは澪とロロナを寝かせると、拳を構える。

《『フォートレス・ゴーレム』か。準階層主《ニアボス》としては妥当《だとう》だな》

（知り合いか？）

《ああ、とにかく硬《かた》い。拳はやめとけ、怪我《けが》をする》

（分かった）

《後は『砦《フォートレス》』の名を冠《かん》している通り》

ごう、と、喋りかけているヘキサを貫いて、火炎弾《かえんだん》がハヤトの真横を擦過《さっか》。背後の壁《かべ》に直撃《ちょくげき》。ばちばちと轟音《ごうおん》をあげて、炎が吹きすさぶ。

《砲弾《ほうだん》を放ってくる》

（……先に言ってほしかったが）

《説明の途中に撃《う》ってきたアイツが悪い》

ヘキサは思念体。当然、物理攻撃、魔《ま》法攻撃《ほうこうげき》など通用するはずもなく、平然とした表情でそう答える。

ハヤトもそれが分かっている以上、特別心配した様子もなく答えるが……ちらりと、弟子たちを見る。未《いま》だに『恐怖』により、身体が動かない弟子たちを。

（巻き込むわけにはいかねぇな）

《どうするんだ？》

（俺《おれ》に集中させる）

言うが早いか、ハヤトはそのまま地面を蹴った。

〝全スキルを排出《イジェクト》〟

〝【破城槌《づち》】【身体強化Ｌｖ５】【撃力強化Ｌｖ５】をインストールします〟

〝インストール完了〟

接近してきたハヤトに対して、フォートレス・ゴーレムはその場で下半身を固定すると腕を真《ま》っ直《す》ぐ振り抜いた。ハヤトはその直前で大きく頭を下げることで回避。頭の上を巨《きょ》大《だい》な質量が通過していくことによる音を聞きながら、自らの体重を乗せた掌底《しょうてい》。

「ふッ！」

息を吐き出しながら、【破城槌】を発動。ゴォンッ！　大きな鐘《かね》を鳴らしたような音を立てて、フォートレス・ゴーレムの身体が大きく後ろにのけぞる。

アクティブスキル【破城槌】は打撃攻撃《だげきこうげき》。相手が硬ければ硬いほど、衝撃《しょうげき》の威力が増幅《ぞうふく》する特殊《とくしゅ》スキルである。

しかし、ハヤトの一撃《いちげき》では準階層主《ニアボス》の有効打とならない。圧倒的《あっとうてき》な攻撃力《ステータス》不足。二度、三度と全く同じ場所に叩《たた》き込む。その度《たび》にフォートレス・ゴーレムの身体が大きく後ろに下がっていく。

フォートレス・ゴーレムは砲弾を撃つ暇《ひま》もなく、ハヤトに押《お》され気味。だがしかし、それに違和感《いわかん》を覚えたヘキサが叫んだ。

《下がれッ！　ハヤトッ！》

それはヘキサの言葉が届いたのか、あるいは彼の直感か。

反射的に手を止め後ろに飛んだ瞬間、眼の前で炎が爆《は》ぜた。

(危ねぇッ!)

見ればフォートレス・ゴーレムの身体が開き、そこからわずかに砲門《ほうもん》が覗《のぞ》いている。先ほどの砲弾とは違い、まるで火炎《かえん》放射のようにほとばしった炎に、思わずハヤトは冷《ひ》や汗《あせ》を流した。

だが、フォートレス・ゴーレムはそれだけでは止まらない。ハヤトを追い詰《つ》めるように身体を開くと、再びの火炎弾。咄嗟《とっさ》に横に避《よ》けたがわずかに遅れて響いた背後からの爆発《ばくはつ》音に思わず後ろを振り向いてしまう。

横になっている澪とロロナは無事。

しかし、そこに意識を向けた瞬間の隙《すき》にフォートレス・ゴーレムはその大きな腕を叩き込んだ。

「……ぐっ」

どっ、と背中から入ってきた刺さるような衝撃に思わずハヤトは息を漏《も》らす。漏らしながら、それでもダメージを軽減するために衝撃方向に飛んだ。

しかし、そのような無理な体勢での跳躍《ちょうやく》はハヤトのバランスを崩させて、何度か地面を転がりながら何とか立ち上がる。

《……大丈夫《だいじょうぶ》か？》

（問題ねぇ。腕は動く）

ズキズキと痛む左肩《ひだりかた》の駆動《くどう》を確かめるように左腕《ひだりうで》を開いて、閉じる。

骨は折れていない。動く。動くのであれば、戦える。

ハヤトがそう構えた瞬間、フォートレス・ゴーレムの砲門が開くと、そこから飛び出したのは回転する円刃。蜂《はち》の飛行音みたいな重く鈍《にぶ》い音を立てて、ハヤトに向かって飛翔《ひしょう》。

それをかいくぐり、フォートレス・ゴーレムの真正面に立ったハヤトは両脚で蹴《け》り出しながらフォートレス・ゴーレムの強固な身体に手を当てる。

「――『星穿《うが》ち』ッ！」

【身体強化Lv5】【撃力《げきりょく》強化Lv5】により強化された打撃《だげき》に加えて、ハヤトは【破城槌】も発動。

一瞬《いっしゅん》、フォートレス・ゴーレムの身体が大きく震《ふる》えると、そのまま砕《くだ》け散った。

バガッ！　凄まじい音と共に砕け散ったゴーレムは周囲に破片《はへん》を撒《ま》き散らす。

ハヤトがビリビリと震える腕をかばうようにして構えていると、砕けた破片の中から一体の人型モンスターが飛び出した！

「……ッ！」

予想以上の速度に、ハヤトの対処がわずかに遅れる。

飛び出したモンスターはそのままハヤトに向かってドロップキック。ハヤトはそれを『天降星《あまだれぼし》』で受け止めようとして――できなかった。

「……ッッ！」

肺から息が漏れ出して、ハヤトの身体が後方に吹き飛ぶ。

《お、おい！　どうした⁉》

（ミスった）

端的《たんてき》に返すハヤトだが、その顔色は悪い。

あらゆる衝撃を接地点に受け流す『天降星《あまだれぼし》』だが、その技は当然万能ではない。術者の技量を上回るような衝撃は受け流すことができず、そのまま直撃をしてしまう。

そして、ハヤトが今のドロップキックを受け流せなかったということは、

『ＦｕｕｕｕＵＵＵＵＵＵＵＵＵＵ！！！！！！！！』

フォートレス・ゴーレムの中にいたモンスターが吠《ほ》える。

体躯《たいく》はハヤトよりもわずかに一回りほど上。

徒手で立っており、その場でファイティングポーズを取り続けたまま何度も跳躍を繰《く》り返す。

今まで戦ってきた騎士《きし》たちと違い、とても身軽そうな格好をしているのだが、これまでの人型モンスターと違うところが一つ。

首から上が存在しない。

《『ヘッドレス・コマンダー』だ》

地面を蹴ったのは、同時だった。

〝【破城槌】を排出《イジェクト》〟

〝【哀絶なる穿孔《せんこう》】をインストールします〟

〝インストール完了《かんりょう》〟

ハヤトは手元に白銀の槍《やり》を生み出すと、そのまま全体重を乗せて突《つ》く。しかし、ヘッドレス・コマンダーは右の手でそれを掴《つか》むと、大きくハヤトの身体を引いた。

「……くそっ！」

ハヤトは瞬時《しゅんじ》に槍を霧散《むさん》。

引くものが無くなったヘッドレス・コマンダーが体勢を崩した瞬間に、生み出した短槍で胸を穿った。

しかし、返ってくるのはフォートレス・ゴーレムのような硬すぎる手応え。まるで有効打になっていない。

『ＨｙａＡＡＡＡＡＡ！！！！』

ヘッドレス・コマンダーはハヤトの一撃に甲高《かんだか》い笑い声を上げると、ハヤトの右腕《みぎうで》を掴んだ状態で床に叩きつけた。そして、ハヤトの頭を踏《ふ》み抜こうとした瞬間、

「『止まって』っ！」

ロロナの懇願《こんがん》が準階層主《ニアボス》部屋に響いた。

次の瞬間、世界がそれを叶《かな》える。ヘッドレス・コマンダーの体重が【重力魔法】によって増加され、ハヤトを踏み抜こうと持ち上げた脚《あし》が地面に突き刺さった。

「ナイスッ！」

ハヤトは痛む身体を起き上がらせて、動きが重たいヘッドレス・コマンダーに向かって【哀絶なる穿孔】を発動。

生み出した槍による刺突《しとつ》は、ドゴッ！　と、とても肉体にあたったとは思えないような音を立てて、槍の破壊《はかい》で終わった。

（どいつもこいつも硬すぎるだろッ！）

砕け散り黒い霧《きり》となって消えていく槍をハヤトは振り払うようにして、生み出したのは熔鉄の大剣。

身体が堅牢《けんろう》なのであれば重さで叩き潰《つぶ》すのみだ。

「おォッ！」

動きが鈍いヘッドレス・コマンダーに向かってハヤトは吠えながら大剣を振るう。しかし、ヘッドレス・コマンダーは腹筋に力を入れるような素振《そぶ》りを見せて、それを大きく受け止めた。

だが、それだけで終わらないのが熔鉄の大剣だ。ごう、とヘッドレス・コマンダーの身体に火が熾《おこ》ると、ゆるやかにＨＰを減らし始める。

さらにハヤトは上からの振り下ろし。ヘッドレス・コマンダーの肩《かた》に大剣の刃が食い込《こ》む。それを好機とばかりにハヤトは体重を刃《やいば》に乗せる。

肉に食い込んでいた刃はそのまま表層を滑《すべ》るようにして、ヘッドレス・コマンダーの身体を斬《き》り裂《さ》いた。

『Ｓｈｕ！』

しかし、届いたのは薄皮《うすかわ》一枚。

ヘッドレス・コマンダーはそのままの勢いで腕を振るうと、ハヤトの大剣を貫いてハヤトの防具を掴んだ。

「師匠！」

澪の声が遅《おく》れてハヤトに届く。だが、その声が届いている時にはハヤトの身体は宙を舞っている。

『Hyu！』

「……ッ！」

ヘッドレス・コマンダーはそのままハヤトの身体を地面に叩きつける。『天降星《あまだれぼし》』なんて使えるだけの余裕《よゆう》もなく、ハヤトの身体が地面に沈《しず》みこんだ。

後頭部を強《したた》かに打ち付けたハヤトの全身が痺《しび》れて、停滞《ていたい》。一瞬だけ動かなくなったその隙にヘッドレス・コマンダーの踵《かかと》がハヤトの胸に叩きつけられる。ズンッ！　と、まるで槍で貫かれたような痛みがハヤトの鳩尾《みぞおち》を駆《か》け抜《ぬ》ける。

「くそ……ッ！」

痛む腹を押さえながらハヤトはわずかに身体を動かしてその場から離脱《りだつ》。二度目の踵落としを回避《かいひ》すると、立ち上がった。

（……今のヤバかった）

《直撃だったが……大丈夫か？》

（……問題ない）

そう答えるハヤトの額には脂汗《あぶらあせ》が滴《したた》る。後頭部の痛み、腹部の痛み。どちらも支障が出るほどだ。

ハヤトはすっと左手を下ろすと、『アイテムボックス』のショートカットに設定している『治癒《ちゆ》ポーション』を顕現《けんげん》。初めて使ったが、ハヤトの手元には治癒ポーションが握《にぎ》られている。

「……あんま使いたくないんだけどな」

素早《すばや》く飲み干して、瓶《びん》を捨てる。

口の中に広がる甘《あま》み。これまで何度も味わってきたポーション特有の味だ。本来であれば68階層の階層主《ボス》のために残していたものだが、使うタイミングを逃《のが》して死んでしまっては元も子もない。

わずかに遅れて頭と腹の痛みが引いていく。

「絶好調だ」

そう言ったハヤトは眼の前にいるヘッドレス・コマンダーが地面を蹴ったのを見ていた。

フォートレス・ゴーレムのように武器を使ってくる相手ではない。魔法を使ってくる相手でもない。ただ、徒手だけを使ってくるモンスター。

だとすれば、攻撃手段も限られている。ヘッドレス・コマンダーは肉薄《にくはく》。ハヤトの目前で地面を踏み込んで減速。フェイントをしかけながら、ハヤトに向かって拳《こぶし》を振るう。

それを『天降星《あまだれぼし》』で受け止めようとした瞬間——ハヤトは己《おのれ》の失策を悟《さと》った。鈍い痛み。

血を吐《は》き出しながら、ハヤトの身体が後ろに飛ぶ。

二度の失敗。二度の痛み。

思わずハヤトの脳裏《のうり》に、天原にいた過去が走り抜ける。刹那、激突《げきとつ》。壁にぶつかる瞬間に、『天降星《あまだれぼし》』を使う。音もなく壁面《へきめん》に着地。壁に衝撃を受け流し、その反作用で跳躍。弾丸《だんがん》のような速度でヘッドレス・コマンダーに向かう。残る治癒ポーションは二本。それだけあれば、まだ一回だけ使える。

ハヤトが地面を蹴る。更《さら》に加速する。

音の速度に限りなく近づいていく。再び蹴る。

そして、超《こ》える。

「『星走り』ッ！」

ヒュドッッッツツツツツツツツ！！！！！！

ハヤトの身体が音速を超えたことで生まれるソニックブーム。腕が裂けて、血が尾《お》のように ハヤトの身体を追いかける。

唐突《とうとつ》な一撃に、ヘッドレス・コマンダーの身体をハヤトの拳が捉《とら》える。

「ぶっ飛べッ！」

そして、振《ふ》り抜いた。

さしものヘッドレス・コマンダーといえども、ハヤトの『星走り』の直撃に耐《た》えきれなかった。

先ほどのハヤトと真逆。ものの見事に後ろに向かって殴《なぐ》り飛ばされると、ハヤトと違って受け身も取れずに壁に激突した。

その間にハヤトは再び治癒ポーションを嚥下《えんげ》。破れた皮膚《ひふ》が修復されて、砕けた骨が治されていく。

「師匠。大丈夫ですか！」

「下がってろッ！」

前に出てこようとした澪を後ろに下げる。

まだ黒い霧はあがっていない。

『IyaAAAAAAAAA！！！！』

刹那《せつな》、粉塵《ふんじん》を押し抜けて頭がないはずのモンスターが叫ぶ。

その姿を見て、思わずハヤトは心が折れかけるのを感じた。

（……くそッ）

間違《まちが》いなく全力だった。今までの全てをぶつけてきた。

それでも倒《たお》せない。準階層主《ニアボス》一体、倒すことができない。

　その証拠《しょうこ》に、『天降星《あまだれぼし》』の二度の失敗は、ハヤトのミスではない。実力不足によるものだ。その証拠に、壁面への着地は可能だった。技術として、使える。だが、眼の前のモンスターの攻撃を受け切る技量が、足りていない。

　そして先ほどの『星走り』を受けてなお、モンスターは立っている。『星穿ち』を何度使えば倒せるだろう。『星走り』を何度使えば目の前のモンスターは倒れてくれるだろうか。

　ハヤトはそんなことを考えて、思わず笑ってしまった。

　治癒ポーションは残り一本。階層主《ボス》のことを思えば『星走り』は使えない。

《落ち着け、ハヤト。攻撃は通用している。このまま削っていけば、倒れるはずだ》

（……ああ、そうだな）

　ヘキサの気休めも、ここまでくるとタチの悪い冗談《じょうだん》に思えてくる。

　相手のHPは有限だ。そして、こちらの攻撃によってわずかでもHPは減っている。

　だから、このまま削り続ければ勝てる。

　だが、ハヤトのHPだって有限だ。このまま戦い続けて、どちらが先にゼロを迎《むか》えるのか。それが分からない人間はこの場にいない。

【スキルインストール】は依然《いぜん》、沈黙。このスキルのまま戦って勝てると思っているのか、あるいは有効なスキルを見つけられないのか。

『HmmmmmMMMMM………』

一方のヘッドレス・コマンダーは右腕をぶんぶんと振るうと、静かに拳を構えた。その構えはハヤトの『星走り』のソレにとても似ていて、

《意趣返《いしゅがえ》しのつもりか……？》

（……さあな）

ハヤトはヘッドレス・コマンダーを見る。見て、観《み》て、視《み》る。

『星走り』はとても簡単な仕組みだ。走って、殴る。言ってしまえばそれだけの技。多少の技術は必要だが、68階層のモンスターであれば身体能力だけで到達《とうたつ》しかねない。

その程度の技。だが、シンプルが故にとても強力な技。だから、必殺なのだ。

そして、それをもし真似《まね》られたら……ハヤトには、見ることしかできない。相手の挙動を、筋肉の起こりを、技を使おうとする意思を。

星走りは方向さえ合っていれば、狙《ねら》いにおいて微調整《びちょうせい》が利《き》く。当たり前だ。殴るだけなのだから。

だから、避けるためには最後の最後まで動かない。狙いを自分に定めさせるために。そして攻撃を避けて……。

避けて、どうするのだろう。

『……Ｆｕ』

ヘッドレス・コマンダーが息を吐き出す。

避けた先に何があるのだ。このまま戦っていて勝てるのか。そんな相手なのか。眼の前にいるモンスターは。

違うはずだ。

リスクを避けて戦って勝てるような相手ではないはずだ。

「ロロナ。魔法を解いてくれ」

「……え？」

「アイツにかかってる【重力魔法】を解除するんだ」

「でも……」

ロロナはハヤトの『星走り』を見ている。だから、ヘッドレス・コマンダーが何をしたいのかも分かっているはずだ。

「良いから」

「……分かった」

そして、ロロナはハヤトの言葉を疑わない。

重力の悪意が解かれて、ヘッドレス・コマンダーの身体が自由になる。

《お前、何を……ッ！》

（良いんだ。これで）

軽くなった瞬間、ヘッドレス・コマンダーが地面を蹴った。

ハヤトは加速するヘッドレス・コマンダーを見ていた。ハヤトの攻撃を見様見真似《みようみまね》で、しかし、その速度はハヤトを超えて迫《せま》ってくるモンスターを見ていた。

ヘッドレス・コマンダーの身体が音の速さを超える。モンスターの硬い皮膚は血を流さない。そしてその右腕を大きく振りかぶって、ハヤトに振るった。

（これが、良いんだ）

天原の一族は〝魔《ま》〟を祓《はら》う一族である。

魔とは、人の理《ことわり》を超えた存在。いかに備えようとも、いかに鍛《きた》えようとも、人の身では届かぬものが存在する。それを祓うために天原は全てを捧《ささ》げてきた。しかし、時としてそれが及《およ》ばぬものがいる。人で祓えぬ〝魔〟がいる。

己が力を使い果たし、万策尽《ばんさくつ》きた天原は、それでも死ぬことは許されない。死ねば民草を護《まも》れない。それはつまり、存在意義《アイデンティティ》の崩壊《ほうかい》を意味する。

だから、天原の初代当主は考えた。

力が及ばぬ〝魔〟を祓う術を。自分の力が至らないのであれば、〝魔〟の力を使えば良い。

人智《じんち》を超えた膂力《りょりょく》を利用してやれば良い。

その技は撃力を撥《は》ね返す様を、天回《そらめぐ》る星に喩《たと》えたが故に、

「『彗星《ほうきぼし》』」

ハヤトに向かって叩き込まれた一撃必殺の拳は、しかしハヤトの左手に吸《す》い込まれる。

『天降星《あまだれぼし》』の要領で撃力を後ろに回す。脊椎《せきつい》を中心に、回転させる。右腕から、放つ。

「吹《ふ》っ飛べ」

ヒュゴッッッッツツツツ！！！！！

ヘッドレス・コマンダーの身体が一瞬で吹き飛んだことにより、空気の流れ道が生まれる。そこに吸い寄せられてハヤトのコートがバタバタと音を立てる。そのままハヤトは残心。

二度目の撃発《げきはつ》。しかし、ハヤトの『星走り』を超える撃力は、ものの見事に返されてヘッドレス・コマンダーの身体で弾《はじ》けた。

壁に激突すると同時。モンスターは何があったか分からない様子で手を伸《の》ばし、そのまま地面に倒れた。

そして、ゆっくりと黒い霧になっていく。

「……ふぅ」

深く息を吐き出して、ハヤトも同じように倒れた。

「わわ！　師匠《ししょう》！　大丈夫ですか！！」

「何とか」

ぐったりと倒れたまま、ハヤトの頭の中に多幸感があふれる。モンスターを倒せたことによる達成感、疲労《ひろう》感。そして、ステータスが大幅《おおはば》に跳ね上がることによるステータス・ハイ。それらがごちゃまぜになって、身体の痛みを誤魔化《ごまか》してくれる。

「……『治って』」

倒れたハヤトにロロナが【治癒魔法《ちゆまほう》】を発動。治癒Ｌｖは２。そこまで強力ではないが、足りないほどでもない。ロロナのＭＰが惜《お》しげもなくハヤトに注がれて、全身の疲労が癒《い》えていく。

深く息を吐きだして上体だけでも起こそうとしたハヤトだったが、ふと動きを止めた。

ハヤトだけではなく、澪もロロナも動きを止めていた。。

「なんか変な音しません？」

「する。鐘の音《ね》」

ゴーン、ゴーン、と何度も鳴らされる鐘の音にハヤトたちは首を傾《かし》げていたが、一人それを知っているヘキサが静かに微笑んだ。

《階層主《ボス》までの道が開けた音だ。よくやったな、ハヤト》

(分かりやすくてありがたいよ)

そんな軽口を返して、ハヤトは起き上がる。

「ハヤト、まだ。動いちゃだめ」

「俺の怪我はもう大丈夫だ。それよりも、ロロナのMPの方が大事だろ」

「意味不明。命より大事なMPはない」

「いや、ここから出ないといけないし」

「……む」

ハヤトが言っている『ここ』とは準階層主《ニアボス》部屋のことだ。砦の最上階に位置している都合上、外に出る時は来た道を戻《もど》らないといけない。

通常の階層主《ボス》戦では考えなくて良かったことだ。何しろそのまま階下に行けばモンスターには出会わないのだから。

「階層主《ボス》を倒したんだから、外に出してほしい」

「準《ニア》な」

「……ドロップアイテムが一つも無いのは、ケチ」

「まぁ、他の階層主《ボス》も必ず落とすわけじゃないから」

そんな文句を言いながら、ハヤトたちは部屋を後にする。外に出た瞬間、ハヤトはふと思った。

（あれ……。なんか、寒くないな）

《ふむ？》

砦《とりで》の中が外よりも寒かった理由は嫉妬の鳴霊《ヴィディア・ゴースト》がいたからだ。

ハヤトがモンスターに近寄った時に、がくっと周囲の温度が下がったことからもそれは明らかである。

ただ、今はそこまで寒くない。まるで、モンスターの姿が消えてしまったかのように。

「師匠。なんか、静かじゃないですか？」

「……言われてみればそうだな」

ハヤトはそう言いながら無数にある階段から、階下に繋《つな》がっているものを見極《みきわ》めて下りていく。

しかし、モンスターが出てくる気配がない。

それを不気味に思いながらハヤトたちは階段を下りていたのだが……結局、他のモンスターと遭遇《そうぐう》することなく、砦の外に出た。

「……なんで？」

砦の外に出るなりハヤトたちを待っていたのは、跪《ひざまず》いてハヤトたちを迎える騎士のモンスター。

そして騎士たちによって作られた道の先にあるのは、いつか見た馬車だった。

第4章 ✦ 立ち向かえ最深淵！

「こういうのってよくあることなんですか？」

「こういうのって？」

澪《みお》の問いかけにハヤトが応える。

空には大きな月が昇《のぼ》っており、外灯も無いのに道をよく照らし出してくれている。そんな明るい夜の中を、一台の馬車がゆっくりと進む。荷台にハヤトたちを乗せて。

「いえ、その……。モンスターが探索《たんさく》者を案内することです」

「うーん」

澪が指さしているのは馬車の御者《ぎよしや》。そこに座《すわ》っているのは当然、モンスター。しかし、彼《かれ》らは砦でハヤトたちを迎え入れた騎士たちと同じようにハヤトたちを受け入れ、それどろか馬車にまで案内したのである。

それを断れるような雰囲気《ふんいき》でもなかったハヤトたちはそのまま馬車に乗せられ、夜の草原を走っているというわけだ。

「俺は聞いたことないなぁ……」

「じゃあ私たちが人類初ってことですか？」

「まぁ、そうだな。そういう言い方もできるな」

ポジティブな捉え方をするな、と思いながらハヤトは馬車の揺《ゆ》れに身を任せる。サスペンションなんてものがあるわけもなく、ハヤトたちの身体にはダイレクトに揺れが伝わってくる。しかし、それでも実際に歩くより楽で早い。

「それにしても、どうして私たちを運んでくれるんでしょうか？」

「さぁな」

ハヤトたちが向かっている先は、いつか見た王城である。

そこに階層主《ボス》がいるであろうということは、ハヤトたちの共通見解。不可解なのはモンスターたちの行動である。

とはいえ、ダンジョンの中である以上はそんなことを気にしてもしょうがないのだが。

「油断したところを、襲《おそ》うつもりかも」

「ろ、ロロナちゃん。怖《こわ》いこと言わないで……」

ぼそりと呟《つぶや》いたロロナの言葉に、澪が震える。

全然、あり得るなと思ったハヤトはその言葉に頷《うなず》いた。

「一理あるな。警戒《けいかい》はしておいて損はないだろ」

「し、師匠まで……」

澪は震えながら首をぶんぶんと振って周囲を索敵《さくてき》。しかし、周りはどこまで行っても草原である。モンスターが急襲《きゅうしゅう》してくるには、あまりに不利な場所だ。

《私はそれよりもお前たちを休ませないことが目的なんじゃないかと思うがな》

（休ませない？　休んでるけど）

モンスターが襲ってきていないことに安心した澪が、ほっと安堵《あんど》の息を漏らすのとヘキサが疑問を呈《てい》したのは同時だった。

《休むとはいっても、砦から城まで二十分もかからないだろう。それで疲労が回復するか？　ロロナの使い切ったMPは？》

（……そりゃ、厳しいな）

本人の与《あずか》り知らぬところで名前を出されたロロナは、ポーチからMP回復ポーションを取り出して飲んでいた。低階層を攻略する探索者用の安価な治癒ポーションだ。

懐《ふところ》には優《やさ》しいが回復量が低いので、ロロナのような才女がMPを全回復するためには相当量を飲まないといけないだろう。

《もちろん、疲労やMP消費はポーションを飲めば治るだろう。だが、逆にここでポーションを使わされているとしたら？》

（考えすぎだろ）

《そうか？　むしろ、ここまで『治してください』とお膳立《ぜんだ》てされているんだ。そういう意図があると考える方が道理が通るだろう》

（……まぁ）

一理あるかも知れないと思って、ハヤトは頷く。

だがすぐに反例を思いついて、口にした。

（でも、この階層にくる探索者は『アイテムボックス』を持ってるんだろ？　そしたら、こんなところで治癒ポーションを使わせても意味ないと思うんだが）

《ふむ、それもそうか。だとすれば、単純にボーナスかも知れないな》

（ボーナス？）

《準階層主《ニアボス》を倒した分だ。ダンジョンは常に飴《あめ》と鞭《むち》をセットで用意している。だとすれば、これが飴だ》

（そうあって欲《ほ》しいよ）

ヘキサの言葉にハヤトは肩をすくめた。

結局のところ、三人を乗せた馬車には何も起こらなかった。その代わり、かつて透明《とうめい》な壁《かべ》で入れなかった城門の前に連れてくると、そこで完全に停止した。

そこから先は自分で歩けと言わんばかりに。

馬車から降りたハヤトたちを迎えたのは、いつかと違《ちが》って入り口を大きく開いた城門だった。

「大きいですね……」

「十メートルくらい、ある」

「わ！　見て、中を見てロロナちゃん。街があるよ！」

月に照らし出されるようにして壁の入り口から見えているのは、レンガ造りの建物の数々。そして、視線の先には巨大な白亜《はくあ》の城。綺麗《きれい》に整備された石畳《いしだたみ》は直線で、門と城を繋いでいる。

その幻想的《げんそうてき》な光景に、思わずハヤトも足を止めて眺《なが》めてしまった。

「壁の中に城下街があるんだな……」

「モンスターが……住んでる、かも？」

「住んでたら、そろそろ出てきて欲しいところだ」

そんな軽口を叩きながら、ハヤトたちは城門の中に足を踏み入れる。先ほどの砦と同じように中に入ったら、勢いよく入り口が閉じたりするのかと警戒していたハヤトだったが、それは杞憂《きゆう》に終わった。

《本当にモンスターがいないんだな》

（これも準階層主《ニアボス》を倒した飴か？）

《いや、まさか。そうだとしたら飴の割合が大きすぎるだろ》

ヘキサの言葉に、ハヤトも『だよな』と短く返した。

ダンジョンが課してくる制約と恩恵《おんけい》は同程度で釣《つ》り合う。そういう風にダンジョンがコントロールしているのだ。人をダンジョンに熱中させ、恩恵を理解させ、自分を生き残らせるために。

そう考えれば、準階層主《ニアボス》を倒した程度で階層《エリア》内のモンスターが全部姿をくらますというのはやり過ぎだろう。あくまでも準階層主《ニアボス》は階層主《ボス》を倒すまでの前座、ギミックだ。

それを攻略《こうりやく》したからと階層主《ボス》まで一直線というのは、あまりに拍子抜《ひようしぬ》けではないか。

そんなことを考えながら周囲を警戒していたハヤトたちだったが、モンスターたちは一向に姿を見せず城下街を歩いて抜けた。

直線距離《きより》にして、およそ数百メートル。

それまでモンスターらしいモンスターどころか、邪魔《じやま》をしてくるような罠《トラップ》もなかった。

「通り抜けちゃいました……けど」

「……抜けたな」

ハヤトはそう言いながら振り返る。確かに街が広がっている。そこがダンジョンであることを考えれば、宝箱や罠が建物の中に仕掛《しか》けてあるんだろう。

順当に攻略することを考えたら城下街の建物をマッピングし、モンスターの情報を集めて、白亜の城に入る道を探す。それがこれまでのダンジョンだった。

しかし、

「城の入り口まで開いてるんだけど……」

「罠《トラップ》、かも?」

「こんな分かりやすい罠あるか?」

「……む」

ハヤトの言葉にロロナが思わず唸《うな》る。

ダンジョンの罠《トラップ》は狡猾《こうかつ》だ。こんなに分かりやすいかたちで用意されることはない。だからこそ、逆に警戒してしまう。

城の周りには水堀《みずぼり》が掘《ほ》られており、跳ね橋《ばし》が城下街と城を繋いでいた。

もしかしたら城に入るには城下街に潜《ひそ》んでいる準階層主《ニアボス》を倒さなければならないのかも知れない。そんなことを思いながらまっすぐ跳ね橋に向かって手を伸ばしたハヤトだったが、そこに壁は無い。

まるで、城が彼らを歓迎《かんげい》しているかのように。

「……ああ、そういうことか」

「ハヤト、分かった？」

城には意思はない。

だが、ダンジョンには――。

「ダンジョンが俺《おれ》たちを誘《さそ》ってるんだよ。さっさと来いって」

ハヤトはあの紫《むらさき》の少女を思い返して、肩をすくめる。

あの全てをバカにしているような存在のことだ。ハヤトたちをからかってモンスターを引っ込めた可能性はゼロではない。むしろ、準階層主《ニアボス》を倒した報酬《ほうしゅう》でモンスターが消えたなんていうよりも、よっぽどあり得ると思ってしまう。

だからハヤトたちはそのまま、跳ね橋を通り抜けた。

「……師匠。もしかして、このまま階層主《ボス》と戦うんですか？」

「ああ、さっきのが休憩《きゅうけい》時間だったんだろうな」

ハヤトはそう言ったが、澪はそれに納得《なっとく》いってなさそうな表情で街を指さした。

「あの、師匠。少し休んでいきませんか？　ロロナちゃんだってＭＰは全快してないですし、師匠の怪我《けが》だって治ってないじゃないですか」

「そうだな。休めればそれが一番なんだけど……」

ハヤトがそこまで言いかけた瞬間《しゅんかん》、跳ね橋の真下からざぁぁあああ……と、水が流れていく音が聞こえた。思わず視線を向けると、そこには異様な光景があった。五メートルはありそうな川幅《かわはば》の直下に巨大《きょだい》な人間の口がばっくりと開いた状態で姿を見せていたのだ。どう見てもダンジョンの罠《トラップ》ではない。モンスターだ。

水堀にあった水が喉《のど》の奥《おく》に消えていくところを見ると、ハヤトたちを簡単に喰《く》ってしまえるだろう。

「休ませてくれないみたいだしな」

「……ひう」

「まあ、ここまでモンスターと戦わないようにお膳立てしてくれてるんだ。こんなところで怖気《おじけ》づくなってことなんだろ」

ハヤトは肩をすくめて真下から視線を外した。

ここまでのモンスターの奇行《きこう》がダンジョンによるものなら、逃《に》げない限り、下手に攻撃《こうげき》されることもない。それが分かっているからの余裕。

しかし澪はそうではないようで、やや焦《あせ》った表情のまま続けた。

「で、でも！　今から戦うのって階層主《ボス》なんですよね⁉」

「多分」

「師匠は大丈夫《だいじょうぶ》なんですか！　さっき準階層主《ニアボス》と戦ったばっかりじゃないですか」

「他に選択肢《せんたくし》が無いしな」

ダンジョンが仕組んでいるのであれば、ここでハヤトが何をしても無駄《むだ》なのだ。

むしろ下手に休もうとして戦う必要のないモンスターと戦う方がキツい。

《ステータス・ハイでテンション上がってるって話はしなくて良いのか？》

（それすると俺がやばいやつみたいになるだろ）

《モンスター喰わせておいて今さらそれを気にするのか？》

（緊急《きんきゅう》事態だから良いの！）

とはいえ、先ほどの戦いでステータスが大幅に上がったことによる一時的な高揚《こうよう》感があるのも事実。いつもよりも楽観的になっているハヤトは、跳ね橋を渡《わた》った。

おっかなびっくりついてきた澪と、相変わらず無表情のロロナが跳ね橋を渡りきった瞬間、先ほど降りてきた跳ね橋が誰《だれ》に操作されることもなく自然に上がった。

「あ、上がっちゃいましたけど……」

「もう戻るなってことだろ」

モンスターをチラつかせてきた時から、ダンジョンがハヤトたちに後退を許していないことは分かっていた。

「さっきの城門の時にやってくれればよかったのに」

「……それは、そう」

ハヤトのもっともな指摘《してき》に、思わずロロナも頷いてしまう。

「ロロナ。MP回復ポーションは何本残ってる？」

「あと三本」

「分かった」

思ったよりも少ない本数にハヤトは思わず顔をしかめつつ、澪に尋《たず》ねる。

「澪は治癒ポーションをどれだけ残してる？」

「あと二本だけです……けど」

「……分かった」

ハヤトの治癒ポーションの残りは一本。『アイテムボックス』という無制限の備蓄《びちく》箱を持っていたとしても、補給するタイミングが無ければポーション一つも手に入れることが難しい。

頼《たよ》りない数の治癒ポーションで階層主《ボス》に挑《いど》まなければいけないことに、ハヤトは軽い絶望を覚えつつ……それでも城に向かって足を進める。

庭園を抜け、入り口の真正面に立った瞬間……ゆっくりと扉《とびら》が開いた。

ハヤトたちがそれを追いかけて中に入るやいなや、音を立てて扉が閉まる。

「……階層主《ボス》部屋」

澪が全員の意見を代弁したかのように呟いた。

思わず中を見れば真っ赤な絨毯《じゅうたん》が入り口からまっすぐ敷《し》かれており、壁には武器や甲冑《かっちゅう》が飾《かざ》られている。天井《てんじょう》は高く、中だけ見れば城というよりも教会のように見えないこともない。

だが、その部屋の最奥《さいおう》。赤い絨毯の終着点には、黄金に彩《いろど》られた玉座がある。

空ではない。しっかりと人が座っている。

だが、ひどく枯《か》れている。肌《はだ》は茶色にくすんでおり、眼窩《がんか》はくぼみ、頬《ほお》はコケて皮膚の上から歯の形が浮き出てている。

老人と言うよりもミイラに近い。そんなモンスターが玉座に座っていた。

頭には黄金の王冠《おうかん》をかぶっており、手には杖《つえ》のような剣《けん》。そして、服は赤いマント。まるでトランプに出てくるキングのようだが、それにしては細すぎる。

枯れた老王とでも呼ぶべきか。それはハヤトたちが部屋に入るや否《いな》や、ゆっくりと動きはじめた。

宝石の装飾《そうしょく》された剣をまるで杖のように地面について、弱々しく立ち上がる。

（……強いのか、あれ）

《舐《な》めるな。68階層の階層主《ボス》だぞ》

（いや、そうなんだけどさ……）

これまで戦ってきたモンスターとまるで違う動きに困惑《こんわく》しながら、ハヤトは手元に白銀の槍《やり》を召喚《しょうかん》。静かに構えると同時にハヤトの耳元に声が響《ひび》く。

〝【哀絶なる穿孔《せんこう》】【身体強化Ｌｖ５】【心眼】をインストールします〟

〝インストール完了《かんりょう》〟

腰《こし》をいたわるように起き上がったモンスターが、剣を引き抜いてゆっくりと階段を下りる。その数はわずか五段。それだけで、ハヤトたちと視線を同じくする。

「シッ！」

その最後の足が階段を離《はな》れた瞬間に、ハヤトは地面を蹴《け》って急加速。逃げようとしても逃げ切れないタイミングを埋《う》めるように槍を構えて突撃《とつげき》。

「おオッ！」

そして【哀絶なる穿孔】を発動。槍の刺突《しとつ》にスキル補正がかかり、モンスターの身体を貫《つらぬ》かんと迫った瞬間、老王の身体がぶるりと震《ふる》えた。

まるで寒さに堪《た》えかねたかのような動きだったが、攻撃を躱《かわ》してはいない。ハヤトの刺突は老王の服を貫通《かんつう》。しかし、肉体を捉えた手応えはない。

「……ッ！」

咄嗟《とっさ》に槍を引き戻したハヤトが見たのは、眼の前に迫る銀の刃《やいば》。

反射的に槍を回転。撥《は》ね上げた石突《いしづき》で眼の前まで迫ってきた刃を上へと撥ねる。ぶわっ、と老王の身体が上へと跳ねると同時にハヤトは先ほどの不可解な手応えを理解した。

（……なるほどね）

《どうした？》

（身体が細すぎて当たらなかったんだ）

ハヤトは自らが槍で空けた穴を一瞬《いっしゅん》見て、ため息を漏《も》らした。

枯れた老王はその顔から分かるように、恐《おそ》らくは身体のほとんどが骨と皮だけ。とはいえ、王の威厳《いげん》を保つためなのか。あるいはそういう防具なのかは分からないが、ミノムシのように着込《きこ》んだ王の衣服が老王の身体のラインを隠《かく》してしまっているのだ。

《……倒すなら、ど真ん中か？》

（そうだな。それも良い。それか――）

とはいえ、腹部も恐らくは細い。だとすれば狙うは胸部。

あるいは、

（――頭だ）

ハヤトは撥ね上げる時に使った石突が先端《せんたん》になるように槍を持ち替《か》え、短く放つ。しかし、老王は頭を大きく右に振るって回避《かいひ》。そして右に倒れるようにして、身体を地面に落とすとそのまま手にした剣を地面すれすれから撥ね上げてきた。

槍を戻していては間に合わないと判断。手放すと同時に霧散《むさん》させると、両腕《りょううで》を守るように篭手《こて》を生み出し、胸に向かって薙《な》ぎ払《はら》われた刃を叩《たた》きつけた。

『…………』

今度は真下に刃を落とされ、それに引っ張られるようにして老王の身体が前につんのめる。

そこに、ハヤトは拳《こぶし》を叩き込《こ》んだ。

鳩尾《みぞおち》に直撃《ちょくげき》。モンスターの身体がわずかに宙に浮《う》く。浮いた瞬間、手元の刃が煌《きら》めく。

「……ッ！」

ハヤトが上体を逸《そ》らしたところを、刃が走り抜《ぬ》けた。わずかに遅《おく》れていたら顎《あご》から真っ二つに顔を斬《き》り開かれていただろう。

（なんかこう……。一つ一つが嫌《いや》らしいやつだ）

《合間に挟《はさ》んでくるな》

それは技術なのか、あるいは老王が攻撃のチャンスをそこにしかないと捉《とら》えているのか。

そんなことハヤトには与り知らぬことだが何か動くたびに、刃を返されるのであれば厄《やっ》介《かい》なことこの上ない。

「……ハヤト。魔法《まほう》は？」

「まだ良い。取っておいてくれ」

老王と距離があいたタイミングでロロナが差し込む。

確かにロロナの【重力魔法】があれば、この面倒《めんどう》な老王の動きも押さえられるかもしれないが、これまでの階層主《ボス》たちの傾向《けいこう》を考えれば、二段階目が存在していると考えるのが妥当《だとう》だ。

だとすれば、ロロナの【重力魔法】はできる限り温存したい。

「澪もだ。スキルはまだ使うな」

「はい！」

澪の【紫電一閃《しでんいっせん》】も他のスキルと同じようにＭＰを消費する。その量は非常に少なく、他の探索者たちからすれば自然回復での補完範囲《はんい》なのだが、澪のような低ステータスでは消費量に気を遣《つか》わないといけない。

だからこそ、弟子《でし》二人には力を温存してもらう必要があるのだ。

この先に待ち構えているであろう第二段階、そしてここまで彼らを招き入れたダンジョンの少女を考えると、下手にリソースを消費させたくない。

そんなことを考えているハヤトとは裏腹に、枯れた老王はひどく身体を引きずるようにして足を持ち上げると、ぬるりと、まるで汚泥《おでい》のような動きで剣を振《ふ》るう。

ハヤトは瞬時《しゅんじ》に篭手を掲《かか》げてガード……したのだが、想像していたよりも上の筋力に、彼の両腕が巻き上げられる。

その瞬間、違和感《いわかん》に気がついた。

(こいつ……ッ！　どんどん力が増してやがる……ッ！)

《なるほど。だから最初はゆるやかなんだ……》

ヘキサも思わず唸った。

再び老王が剣を振るう。最初の頃《ころ》よりも明らかに速度、威力《いりょく》が増しているであろうそれがハヤトの目前を走り抜けて行く。

ブン、と重く空気を断り裂《さ》いて、髪《かみ》の毛を数本切り裂く。

ぱらぱらと前髪《まえがみ》が舞《ま》っていくのを肌で感じながら、ハヤトは剣を振り切った老王に向かって飛び込んだ。がら空きの胴《どう》に向かって、手元に生み出した槍を穿《うが》つ。

初撃を外し、二撃目を叩き込む寸前に【心眼】を発動。

視界が暗転し、モンスターの弱点だけがハヤトの視界に光って見える。ぼうっと服の中に浮かび上がってきたのは、モンスターの輪郭《りんかく》。

「……ッ！」

ハヤトはそれを見て、思わず息を呑《の》んだ。

外から見えている光景が人型のミイラのようだから、身体も人型なのかと思っていたのだ。しかし、現実は違う。まるで、蜘蛛《くも》のように肋骨《ろっこつ》が服いっぱいに広がって支えており、逆に胴体《どうたい》はハヤトが手に握《にぎ》っている槍の柄《え》ほどしかない。

そんな異常な骨格が目の前に飛び込んできて、だからこそハヤトは刺突では有効打を与《あた》えられないと判断。

槍を手放して霧散させると、手元に黒剣を生み出す。

それは『モルトノス・ナイト』が使っていた長剣《ちょうけん》。澪に渡したものであるが、しかしハヤトの【武器創造】スキルであれば再現くらいは可能である。

〝【哀絶なる穿孔】を排出《イジェクト》〟

〝【惨絶なる斬撃】をインストールします〟

〝インストール完了〟

ハヤトの武器交換《こうかん》に合わせて、スキルが交換。

「しッ！」

そのまま勢いにまかせて、ハヤトは剣を振るう。

槍と違って範囲《はんい》攻撃《こうげき》の斬撃は服を横一文字に切り裂きながら、老王の肋骨や背骨もまとめて叩き切った。

（切れ味抜群《ばつぐん》だな）

《階層のレベルが違うからな》

両断された老王の上半身が宙を舞いながら、回転。骨と皮しかないようなスカスカな身体は見た目以上に軽かったのか、ふわりと数メートルは吹き飛んで地面を転がって、身体を止めた。

（弱いな、一段階目）

《何かあると思って警戒している内に対処できなくなるほど強くなる感じだろうな。今回は早々に倒《たお》せたから良かったんじゃないのか》

（なるほどな）

ハヤトはヘキサの言葉にうなずきながら、剣を構え直す。

その瞬間、モンスターの身体から血液が流れていることに気がついた。上半身と下半身の両断面から、じわじわと血の流れが生まれているのだ。

「……血？」

それに思わずハヤトは眉《まゆ》を顰《ひそ》めてしまう。

ハヤトは手元の剣を確認《かくにん》。そこには血が付着していない。両断したのにもかかわらずだ。

その不可思議さに思わず目を細めると、その間に血の量がどんどん増していっているのに気がついた。

最初は赤い絨毯を黒く染めるくらいだったものが、段々と広がっていき、その量はとどまることなく増え続ける。

やがて、バケツを思わず倒してしまったかのような量の血を身体から吐《は》き出し続けると同時に血が起きいいい上がる。

それは繭《まゆ》のように、卵のように形を変えると、老王の身体を包んだ。

そして一瞬だけその形で波打つと、卵が爆《は》ぜる。

血の雨を部屋の中に降らしながら、階層主《ボス》が二段階目に移行した。

「……なるほどね」

その姿を見て、ハヤトは思わず笑ってしまう。

さっきまでの枯れた老人とは打って変わって、驚《おどろ》くほどの好青年。金の髪に、青い瞳《ひとみ》。

身長もおよそ百八十くらいはある。相変わらず王冠を被《かぶ》っており、手には宝石によって装飾された剣。

そんなモンスターがハヤトに向かって、微笑《ほほえ》んだ。

それに気を取られた瞬間、モンスターが肉薄《にくはく》。ハヤトに剣を振るおうとした瞬間、ハヤトが叫《さけ》んだ。

「ロロナッ！」

「『落ちて』っ！」

ハヤトの命令を聞いたロロナが錫杖《しやくじよう》を振るう。

その瞬間、モンスターが地面に叩き伏《ふ》せられた。跳躍途中《ちようやくとちゆう》で地面に叩き伏せられ、両脚《りようあし》でバランスを取ろうとしたが、それでも重さに耐《た》えきれず地面に転がる。

その隙《すき》を埋めるようにハヤトは飛び出し、首を刎《は》ねんと剣を振る。しかし、その剣に合わせるようにモンスターの真下から水の触手《しよくしゆ》が生まれると、ハヤトの刃を弾《はじ》いた。

（水魔法《みずまほう》！）

《ハヤトッ！　下がれ！》

その触手はハヤトの真正面で刃のように形状を変化させると、まるで雑草を根こそぎ切り払うような挙動で大きく薙いだ。ハヤトは跳躍《ちようやく》。真下を通り抜けた水の塊《かたまり》は絨毯ごと斬り裂く。

後ろの二人に刃が飛んでいないか思わずハヤトが後ろを振り向く。振り向いた瞬間に、水の触手がモンスターの身体を支えて、起こす。

だが、ロロナの【重力魔法】は健在。たとえ68階層のモンスターたちの動きを完全に止めることができなくても、動きの鈍化《どんか》は達成している。

だからハヤトはロロナのMPが尽《つ》きる前に片を付けようと追撃《ついげき》に動こうとして——モンスターが手を掲げていることに気がついた。

水魔法による攻撃か、とハヤトが思考のリソースを防御《ぼうぎょ》に回そうとした瞬間、王の周囲が激しく光った。

「……ッ！」

爆破《ばくは》か、あるいは視界を閉じるためか。

肉薄するよりも距離を取ったほうが良いと判断したハヤトが後ろに下がった瞬間、目の前に現れたのは七体の騎士《きし》。

身《み》の丈《たけ》を超《こ》えるほどの剣を構えた大剣《たいけん》の騎士。

取り回しの良い剣を正面で構えた長剣の騎士。

その姿を盾《たて》で隠し頭しか見せない大盾の騎士。

手に持つそれに負けぬ体格を誇《ほこ》る長槍《ながやり》の騎士。

どんと地面に槌《つち》を突《つ》き酷《ひど》く巨体《きょたい》な大槌《おおづち》の騎士。

巨大な斧《おの》を肩《かた》に置いて静かに嗤《わら》う大斧の騎士。

大きく後ろに位置し戦場を俯瞰《ふかん》す錫杖の騎士。

それは新たなモンスター。

「召喚かよ……」

思わずハヤトの口から弱音が漏れた。

これまでの階層主《ボス》たちの中にも、召喚魔法《しょうかんまほう》を使ってくるモンスターはいた。いたが、ハヤトがそういったモンスターを相手にする時は自分が一人の時。もしくは、シオリやユイのように肩を並べる仲間がいた。

だが、後ろに弟子を控《ひか》えて守りながら戦ったことは今の今まで一度もない……ッ！

「ロロナッ！　魔法を解け！　自分の身を守るんだ！」

「……でも」

「良いから！」

王を入れてモンスターの数は八体。それらから弟子二人を護《まも》りつつ、さらに階層主《ボス》を倒す必要がある。

（……クソッ！　どこまで面倒なんだッ！）

思わず漏らす。だが、弱音の一つも吐かないとやってられない。

ただでさえ、これまでのモンスターとの戦いでロロナや澪は真正面に出さなかった。出せなかったのだ。

彼女《かのじょ》たちが戦えるようにと始めたステータス向上もいまだ不十分。それどころか、ハヤト本人ですら複数体を相手にするのは手間取るほどだ。

そんな状況《じょうきょう》で階層主《ボス》モンスターを相手に弟子を護る？

それが贅沢《ぜいたく》であることなど、ハヤトには嫌というほど分かって、

「──『星走り』ッ！」

それでも、駆《か》けた。

各個撃破《げきは》。どこまで行ってもそれをするしかなく、そして弟子たちの負担を考えれば、何よりも倒すべきなのは、王だった。

だからハヤトは捨て身の一撃《いちげき》を放ったが、
ガァアアンンンンンンンンンンッッッツツツツツ！！！！！

階層主《ボス》部屋に響く金属音。ハヤトは自らの手が砕《くだ》けるのを感じながら、自らの前に飛び出した大盾の騎士を睨《にら》んだ。

「……ッ！」

『Ｈｉ！』

天原《あまはら》の一撃を押さえたというのに、大盾の騎士はそんなことなど影響ないかのように笑ってハヤトに向かって突撃《シールドバッシュ》。

だが、それでもハヤトは左手が残っている。

「……『星穿ち』ッ！」

右手が使えず、それでも体重を乗せた一撃は大盾の騎士を捉えた。攻撃姿勢を取っていた大盾の騎士は受け身を取れず、衝撃《しょうげき》をもろに受けて盾が砕ける。

騎士の表情が変わる。ハヤトが踏《ふ》み込む。

バラバラになった盾が星屑《ほしくず》のように周囲を煌めかせる。

ハヤトの手が大盾の騎士に伸《の》びるのを見た長槍の騎士と大斧の騎士が同時に武器を伸ばすが、ハヤトの方が遥《はる》かに速い。

「『星穿ち』ッ！」

二連続での草薙《くさなぎ》の絶技。その衝撃は騎士の身体を寸分たがわずに打ち付けると、身体を砕いた。そして生まれた黒い霧《きり》があたりを埋める。

（行ける……ッ！）

ハヤトが吠《ほ》える。

砕けた右腕《みぎうで》を治すために最後の治癒《ちゆ》ポーションを取り出して、飲み干す。右腕が凄《すさ》まじい速度で修復。ハヤトは水魔法によって身体を支えたままの王を睨む。

(行けるぞッ！)

再びハヤトがトップスピードに乗ろうとした瞬間、目の前にいた王が後ろに下がった。それを追いかけるハヤトに向かって騎士が二人飛び出す。長槍がハヤトを咎《とが》めるように穿たれ、斧がハヤトの両脚を薙ぎ払う。

だが、ハヤトは眼の前に現れた槍を掴《つか》むと全身を回転。斧を回避しながら生み出した槍を投擲《とうてき》。長槍の騎士に放つ。その間に槍から手を放して、長剣を生成。斧を持った騎士の両腕を斬り落とした。

「おォッ！」

さらに踏み込んで真下からの斬り上げ。騎士の正中線に沿って刃が胸元《むなもと》まで食《く》い込むと、強く押《お》し込む。両腕を失った騎士が地面に膝《ひざ》をついて頭《こうべ》を垂れる。

そのタイミングでハヤトは首を落とそうとしたのだが、真後ろに現れた黒い影《かげ》を見て横に避《よ》けた。

ブォンッ！　と、蜂《はち》のような音を立てて、大槌がハヤトの真正面を抜けていく。

(邪魔だなッ！)

《多勢に無勢か》

（言ってる場合か？）

《いま言わないでいつ言うんだ》

ハヤトがギリギリのところで回避を決めている一方でヘキサは相変わらずの軽口。だが、それでも落ち着いた様子で周囲を俯瞰する。

残りは階層主《ボス》を入れて七体。どう攻《せ》めるか、それをハヤトが考えた瞬間、長剣の騎士と大剣の騎士が地面を蹴った。

「……ッ！」

ハヤトがそれに身構えた瞬間、最奥に控えていた錫杖の騎士が杖を振るう。僅《わず》かに遅れてハヤトの身体が硬直《こうちょく》。

（麻痺《パラライズ》……いや、【拘束魔法《こうそくまほう》】か……ッ！）

全身が動けない状態で、それでもハヤトは攻撃に備えて『天降星《あまだれぼし》』を使おうとした瞬間、ヘキサが叫んだ。

《違う！　狙《ねら》いはお前じゃない……！　弟子二人だッ！》

ヘキサの言葉をなぞるように、騎士たちは動けないハヤトの真横を歩いて抜ける。そして、動かない口で叫ぼうとしたハヤトの身体を大槌が捉えた。

石の壁面《へきめん》に受け身も取れないまま身体が叩きつけられて、思わずハヤトの息が詰《つ》まる。

鼻の先にまで血の臭《にお》いが漂《ただよ》ってきて、思わず吐いた。

「師匠《ししょう》っ！」

「ハヤト！」

澪とロロナの声が、揺《ゆ》れる頭にガンガンと響く。

目を開くとまるで目薬でもさしたかのように視界が安定しない。それでも、こちらに迫《せま》ってくる大槌の騎士と、長槍の騎士は見えた。

そして、その奥では澪が走ってやってこようとするのも、

「……ロロナ」

小さな声が漏れる。

その声が届かないことをハヤトは知っている。

「澪を」

守れ、と続けるよりも先にハヤトに向かって大槌が振り下ろされた。

第5章 ✦ ゲームチェンジャー

クラスメイトが人生をゲームに喩《たと》え、『クソゲー』と称《しょう》したことを朝宮澪《あさみやみお》は強烈《きょうれつ》に覚えている。何をもって彼《かれ》らが人生を『クソ』と言ったのか分からなかったからだ。

例えばそれは部活の顧問《こもん》に怒《おこ》られたことだとか、友人には彼女ができて自分にはできないだとか、学校の勉強を続けないといけないことであったりだとか。

そんなつまらない悩《なや》みで『クソ』と称したのか、心の底から澪には理解できなかった。

そうだとすれば、自分はどうなるのか。

母親は仕事が忙《いそが》しくて家には帰ってこない。焼肉屋でバイトをしなければ生活費を賄《まかな》えない。高校に行けるかどうかも怪《あや》しい。

そんな自分の人生は一体、どうなるのか。

澪は答えを出すことができなかった。しかし、恵まれている人間《クラスメイト》の戯言《たわごと》と流してしまうには、澪はまだ幼くその言葉に囚《とら》われた。

天原《あまはら》ハヤトに出会うまでは。

彼が澪の人生を変えた。変えてくれたのだ。

中学を卒業し高校には行けず、きっと母親と同じように夜の仕事をするしかないであろう自分の人生を。

だから、澪は天原ハヤトを尊敬する。

「師匠っ！」

そして、誰よりも……彼が消えることを恐怖《きょうふ》する。

「澪、ダメ！　下がって！」

「何言ってるの⁉　師匠が！　師匠がっ！」

眼の前で何度も大槌を振るう騎士の手元からハヤトを救わんと駆け出そうとした澪の身体を、ロロナが大きく引いた。

「いま動いても、邪魔になるだけ……っ！　私たちは、私たちの身を守らないと！」

「でも、いま行かないと師匠が……！」

ハヤトほど脅威《きょうい》だとは思われていないのだろう。大剣の騎士も、長剣の騎士も、歩いて澪たちに迫ってきていた。

【紫電一閃】を使えば助けに動ける距離《きょり》。しかし、澪がそれをすればロロナはどうなるだろう。

……いや、きっとロロナちゃんなら。

澪の頭にそんな思考が走る。

彼女との違《ちが》いはずっと一緒《いっしょ》にいるから、誰よりも澪が分かっている。たまたま同じタイミングで、同じ師匠についた、同い年の女の子。

共通点はたったそれだけ。

おそらく自分よりも辛《つら》い境遇《きょうぐう》で育って、自分よりも才能と実力に溢《あふ》れている女の子。だから、いまハヤトを助けに動いても、ロロナは騎士を相手に生き残るだろう。

そんな気がする。

「澪、聞いて。私が補助魔法を……使う」

「うん」

だから、澪はロロナの言葉に割《さ》くリソースを半分にした。

いま考えるべきはどうやってハヤトを助けるかであって、自分の命は二の次だ。だから、澪がハヤトをどのように助けるかを考えていたその瞬間に、ロロナが静かに続けた。

「その隙に、ハヤトを助けて」

「……うん？」

思わず考えが現実に戻《もど》される。

「ロロナちゃんは？」

「時間を、作る」

「時間って……」

「六切《ろくごう》には、魔法がある。相手を殺す魔法が」

「……でも」

それは使えないんじゃないの、と澪は内心で飲《の》み込んだ。

ロロナがどんな目にあってきたのか。どうして探索者《たんさく》になろうとしたのか。澪は何も知らない。聞いてはいけないような気がしていたから。

けれど、察することはできる。彼女が何を嫌がって、その得意な【重力魔法】をモンスターに使わず自分の補助をしているのか。その理由を考えることはできる。

だから、澪はそう思ったのだが……ぐっと、飲み込んだ。

そんなことを聞いている時間はない。

「……分かった。お願い」

「うん」

ロロナは静かにうなずいて、錫杖を振るった。澪の身体にかかるのは【身体強化Ｌｖ２】。

一定時間だけの強化《バフ》。

それを使ってハヤトのもとに向かおうと地面を蹴った瞬間《しゅんかん》、

「……っ！」

長剣の騎士が、真横から澪を蹴り飛ばした。

同年代と比べても体躯《たいく》の軽い澪は、いとも容易《たやす》く宙を飛ぶ。だが、彼女は持ち得るバランス感覚を使って、空中で剣を構え直した。

「澪ッ！」

「大丈夫！」

そして、彼女の姿が紫電《しでん》になる。

壁《かべ》に直撃する寸前だった澪の姿は消え、大槌の騎士に向かって雷《かみなり》が爆ぜた。

「師匠ッ！」

【紫電一閃】を使った強制的な方向転換《てんかん》。

ロロナに負けないように、ハヤトの隣《となり》に立てるように、そして何よりも、誰からも見捨てられぬように。朝宮澪の血のにじむような努力は、彼女の命を繋《つな》いだ。

そして、澪はハヤトの身体を掴むと再び【紫電一閃】。残るMPを全て使い切るような覚悟《かくご》でもって、モンスターたちの攻撃からハヤトの身体を拾い上げた。

「ロロナちゃん！」

「分かってる」

血だらけのハヤトを抱《かか》えて、澪の身体が地面を転がる。その隙に、ロロナが【治癒魔法《ちゆまほう》】を発動。怪我《けが》をしたハヤトの身体を癒《い》やしていく。一方で澪の身体が硬直。【紫電一閃】を使ったことによるスキル硬直。連続使用は今の澪には過ぎた技術。

『FuuuUUU!』

自らの攻撃《こうげき》を縫《ぬ》って生まれた隙間《すきま》を埋めるようにしてハヤトを拾い上げられたことにより自尊心に傷でも付いたか。大槌の騎士は吠えながら澪とハヤトに向かって追撃に動こうとして、

「『捻《ねじ》れ、潰《つぶ》れて』」

懇願《こんがん》するような、ロロナの詠唱《えいしょう》が場を震わせた。

キィィィイイイインン！　と、音叉《おんさ》を鳴らしたかのような高音を立てて、大槌の騎士の身体が震え始める。一拍《ぱく》、置いてから騎士の身体が中心に向かって潰れた。

ぐしゃ、と音を立てて、球体になった。それは、ごとりと地面に落ちると、ゆっくりと黒い霧になっていく。

「ロロナちゃんっ！」

だからロロナを振り向いた。

振り向いた瞬間に、澪の目に入ってきたのはロロナが大きく吐いて、倒れる瞬間だった。

「……なん」

なぜ、どうしてという疑問が喉元《のどもと》まで湧《わ》いて……はっと、気がつく。

ＭＰ切れ。

魔法を使う後衛であればＭＰの残量は必ず意識下においておく必要がある。ＭＰが減り始めるだけで吐き気、目眩《めまい》に襲《おそ》われ、ゼロになると気を失うから。

ロロナは今の今まで魔法を使い続けていた。

もちろん、ＭＰ切れに備えてＭＰポーションは飲んでいた。だが、それでも階層主《ボス》の動きを止め、澪に魔法を使い、そして最後に攻撃魔法《こうげきまほう》を放った。

だから、彼女は限界だったのだ。

騎士たちの目標が変わる。倒れたロロナには目もくれず、澪に向かって迫ってくる。

「……ひゅう」

息を吐く。受け取ったばかりの『モルトノス・ナイト』の剣を握る。ぎゅっと強く握れば、ハヤトと互角《ごかく》に戦っていたモンスターみたいに強くなれるんじゃないかと思って、あまりの夢物語に思わず自嘲《じちょう》する。

「……私が、やる」

誰《だれ》にも負けないように言葉に出して、澪が剣を構える。

向かってくるモンスターは二体だけ。

大剣を構えたモンスターと、長剣を収めているモンスター。

長槍を構えたモンスターも、錫杖を掲げたモンスターも、そしてこの部屋の主である王も興味を失ったように距離を取る。

彼らに興味なぞ、持たれていないのだ。

それが分かってしまうから、剣を構えることしかできない。

「私が師匠とロロナちゃんを守る」

言葉に出す。そうしないと心が折れてしまいそうだから。

「私がっ！」

再びの鼓舞《こぶ》。叫びながら澪は跳《と》んだ。

跳ぶしかなかった。

ハヤトは澪とロロナを守るために、盾になってくれた。誰よりも先に階層主《ボス》を倒そうとした。ロロナは澪を守ってくれた。ＭＰが切れ、過去と向き合い、死ぬリスクを抱えても、時間を作ってくれた。

だとすれば、それに応えなければ。

その一心で剣《けん》を正面に構え、ただ走った。刃の構えは真横。範囲に優《すぐ》れる『弧月《こげつ》斬り』の構え。なぜか不思議と、その時の澪には周りがよく見えた。

まるで全身に目が付いているかのような感覚。一歩一歩が狙ったところに足を置けている達成感。寸分の狂《くる》いもなく剣を振るえるという心の万能《ばんのう》。

ロロナの【身体強化】が残っている内に一太刀《ひとたち》でもと、スキルを使った。これまで培《つちか》ってきた全てを乗せた全力の攻撃。間違《まちが》いなく、これまでの最高峰《さいこうほう》。生涯《しょうがい》を通じてこれほどまでの剣を振るえるだろうか。

そこまでの確信を得た一刀は、しかし儚《はかな》くも届かず弾かれる。

「……ッ！」

それは酷く遅《おそ》かった。いや、きっと自分の思考が速いだけなんだろうと澪は思った。長剣の騎士は澪の薙ぎ払いを難なく受け止めると、空いた左手で澪の身体を掴んだ。そして、そのまま地面に叩きつけた。

けふ、と肺の中から空気が抜けた。一瞬で視界が真っ白になった。遅れて頭を打ち付けて、思考が飛んだ。二人を守るために駆け出したのに、あまりの痛みに思考が潰《つい》えた。

そして、そんな澪に向かって容赦《ようしゃ》なく刃が振り下ろされた。

ドッ、と肉を貫く鈍《にぶ》い音。

それが自分の腹から聞こえた時に変な音だな、と他人事《ひとごと》のようにそんなことを考えた。

そして、刃《やいば》が澪の身体から引き抜かれると騎士たちは澪への興味を完全に失ったのか、まだ息をしているロロナとハヤトに足を進めた。

「……だ、め」

身体を起こす。起こした瞬間、貫《つらぬ》かれた腹から異様なほどに血が流れた。それが足を滴《したた》るから、血の温かさが嫌になった。

震える手で剣を取った。

「わっ、私は……まだ、戦える……」

そして、そんなことを言ってみた。

少しでも、ハヤトとロロナに向かうモンスターの足を止められるのであれば何でも良かった。けれど、最弱《みお》のことなどその場にいる誰もが見ていなかった。

見られるほどの価値も無かった。

そう、価値など無いのだ。

あの時、探索者に志願した時は本気だった。自分の人生を変えようと思った。師匠に選ばれて捨てられないように努力をした。こんな自分でも変われるんだと思いたかった。

その気持ちは68階層に落ちてきた時も変わらなかった。少しでもハヤトの助けになりたくて、けれどハヤトが頼《たよ》ったのは魔法が使えるロロナだけで。

だからせめてもと気丈《きじょう》に振る舞った。恐怖をにじませて、師匠に失望されるのが嫌だった。ロロナにバカにされるのが怖《こわ》かった。何よりも、そうしていないと自分自身を保てなかった。

好きな人たちの、役に立ちたい。

そんな当たり前の感情を持つことすら自分には許されていないことが、悔《くや》しくないわけがない。ないのに、現実はどこまでも非情だった。けれど、ハヤトもロロナも、澪が無能であることを責めなかった。ただ、そこにいるだけで肯定《こうてい》してくれた。

それがどれだけありがたかったことか。

そして、どれだけ心苦しかったことか。

「い、やだ……」

何の役にも立っていない。せめて足止めくらいはと、剣を構えて立ち上がるのに、モンスターにはまるで気が付かれない。お前のことなどどうでも良いと、言外に言われているようで泣きたくなった。

立ち上がったことで血が抜けていく。視界が狭《せま》くなっていく。段々と、肌寒《はださむ》さまで感じてくる。

このままなら、死ぬだろうと思った。

死ぬんだ、と思ってしまった。

頭の中でその言葉だけがぐるぐると回っていく。

それも良いな、と思った。何にもできない自分がここで死ねば、少しくらい気持ちは楽になるかもしれない。

でも、それは恥知《はじし》らずなんだろう。

自分を救ってくれて、命を繋いでくれた二人に対して顔向けできない。

けれど、現実はどうだ。

自分が持っているスキルはたった二つ。【紫電一閃】と、【剣術《けんじゅつ》Ｌｖ１】。たった、それだけ。これで騎士たちが倒せるだろうか？

ハヤトのように優れた体術を持っているわけではない。

ロロナのように恵まれた魔法《まほう》の才能を持っているわけでもない。

そうだ。何にも無いのだ。自分にできるのは、ただ笑うことだけ。

取《と》り柄《え》もなく、生きている意味すら分からない哀《あわ》れな無能。

「なんで……」

なんで、自分だけがまだ気を失っていないのだろう。

どうして、まだ自分だけが生きているのだろう。

ロロナのもとにモンスターが歩いていくのが見える。

その大剣に手を伸ばしているのが見える。

そんなモンスターたちに向かって、一歩踏み出してみせる。自分の血で滑《すべ》って、こけそうになる。

【紫電一閃《しでんいっせん》】を使えばモンスターたちの気を引けるだろうか。ああ、きっと引けるだろう。引いたらどうなる？　決まっている。自分は助からない。死ぬ。

だが、ここで止めないとロロナが殺される。ハヤトが死んでしまう。

自分を守ってくれた二人を、守れないまま見殺しにしてしまう。

「どうして……」

気がつけば、涙《なみだ》が溢れていた。ひどく寒くて、立っていられなかった。

いつもこうだ。現実はどこまでいっても自分にとって、ただただ冷たい。

だから夢を見ていたかった。

夢だけを見ていれば幸せだった。

何も考えないことが、幸せだった。

「おかしいよ……」

口に出す。口に出した瞬間、澪の思考にノイズが走った。

どうして自分たちだけがこんな目にあわないといけないんだろう？

だって自分の人生を変えようと願っただけだ。誰だって持っている当たり前の願いのはず。それを叶《かな》えようとしてくれた恩人が倒れ、同じように願った親友も倒れた。

そして、自分だけが生き残ろうとしている。

これがおかしさでなければなんなのだ。

これが不可思議でなければなんなのだ。

世界はもっと公平じゃないのか。両親がいなくて、高校に行けるかすら分からなくて、それでも当たり前の幸せを掴もうと望むことは過ぎた願いだろうか？

そんなことはないはずだ。

だったら、どうして自分はこんなにも理不尽《りふじん》な目にあわないといけないのだ。

だったら、どうして自分だけが生き残ろうとしているのだ。

どうして、どうして、どうして――。

その無限の疑問の果てに、澪はある答えに行き着いた。

即《すなわ》ち――間違っているのはこの世界じゃないのか、と。

ぐるり、と澪の心の中で驚くほどの転換が起きた。

そうだ。そうに決まっている。当たり前じゃないか。

自分はこれまで努力をしてきた。人生を変えようと転機を掴んだ。

ハヤトに助けられ、ロロナと支え合った。

そんな二人を自分が助けることは当たり前で、だから騎士を倒しているのも当たり前なのだ。こうして騎士が生きているのは自分が騎士を恐《おそ》れていたからだ。

間違えているのは努力が報《むく》われないこの世界の方じゃないか。

涙を拭《ぬぐ》う。前を見る。

そこには一人の少女が立っていた。

誰か――など、そんな言葉は愚問《ぐもん》である。

澪は自らの十歩ほど先に位置する、たった一人の少女を見た。満身創痍《まんしんそうい》で、立っているのもやっとの姿で、けれどもその足元には騎士が二体。斬《き》り伏せられている。

先に立っていた少女が振《ふ》り返る。少女は自分だ。

そこにいるのは自分なのだ。

自分がモンスターを倒している。二人を護っている。

そうだ。これが、これこそが現実なのだ。

だとすれば何を恐れる。何を惑《まど》う。

自分は騎士を倒している。

「うん。やっぱり」

澪の声が漏《も》れる。騎士を二人、斬った感覚が手を痺《しび》れさせる。両断し、黒い霧になって倒れていく。腹の傷も塞《ふさ》がっている。ロロナもハヤトも呼吸をしている。モンスターたちが自分を見ている。

だからこそ、思う。

やっぱりこっちが現実だ、と。

澪は一人、納得《なっとく》し静かに気を失った。


それを見ていたのはヘキサだけだった。

ヘキサは気を失ったハヤトを起こそうと声を荒《あら》らげている最中、澪が腹部を貫かれたのを見た。血を流したのを見た。それでモンスターたちがハヤトとロロナを殺そうとしているのを見た。

だが、次の瞬間に騎士は消えた。

それが瞬時《しゅんじ》に澪が斬り伏《ふ》せたせいだと気がつくのには僅かに時間を要した。

何が起きたのか。

それを見ていたヘキサには分かる。剣とともに生まれた白にも近しい虹《にじ》の色が全てを教えてくれている。

【紫電一閃】。

非情に扱《あつか》いやすいスキルであるそれは、頼りにしている探索者も多い。そして他の探索者もそうであるように、澪のそれもまた速さの極地にある。

斬る時には予備動作がある。剣を抜《ぬ》く、足を踏み込《こ》む。腕《うで》を振るう。その全てが剣を鈍らせる。愚鈍《ぐどん》にする。ならばこそ、剣を抜いた時には既《すで》に斬れていれば良い。そう考える者がいてもおかしくはない。

そして、それを妄信《もうしん》し、そこに至るまでの狂気《きょうき》こそがそれを唯一《ゆいいつ》成《な》し遂《と》げる。

因果も過程も無視をして、ただ『斬った』という結果だけが残る。

〝覚醒《かくせい》〟スキル『神に至るは我が剣なり《イグジティウム・デウス》』。

確かに澪のそれは他の探索者と全く別のプロセスを描《えが》いた。描いたけれども、たどり着いた。
それは現実を否定し夢を掴んだ狂気の極点。
即ち〝覚醒〟の頂きである。

第6章 ✦ ダンジョン踏破者

《起きろ！　ハヤト、起きろッ！》

「……ッ！」

ヘキサの声がハヤトの頭の中にガンガンと響《ひび》く。身体を起こすと、澪《みお》がちょうど倒れている様子が見えた。

その後ろでは大剣《たいけん》の騎士《きし》と、長剣《ちょうけん》の騎士が黒い霧になって消えていく。

……なんだ？

思わずハヤトは目を細めて、身体を起こした。確か大槌《おおづち》の騎士に身体を信じられないほど殴《なぐ》られていたはずなのに、ちゃんと動く。

骨も折れていないように思える。

《ロロナの治癒魔法だ》

（……そうか）

《肝心《かんじん》の本人はＭＰ切れ。澪は……今は休ませてやれ》

ハヤトは走ってやってきた長槍《ながやり》の騎士の槍を避けると、『星穿《うが》ち』。大盾《おおたて》の騎士と違ってまともな防御《ぼうぎょ》すら取れず後ろに吹《ふ》き飛んだ。

そしてそのまま、残った錫杖《しゃくじょう》の騎士を倒そうと振り向いた瞬間、

「はい、どーん！」

間の抜けた少女の声が聞こえてきた瞬間に、王と残っていた錫杖の騎士。その首が跳んだ。

「……は？」

「なんですか。なんですか。そんな驚《おどろ》いた顔して」

そして、その黒い霧に乗じるように一人の少女が降り立った。

白いワンピースに、腰《こし》まで伸びた紫《むらさき》の髪《かみ》。そして、ハヤトに微笑《ほほえ》む紫の瞳《ひとみ》。

人間の姿を取っていながら、明らかに人ではない異形の存在。

「『ダンジョン』ッ！」

それは人の姿を取った星の寄生虫。

「お久しぶりですね、探索者さん。いやあ、死ぬかなって思ったんですけど意外と生き残るもんですね。感心感心」

「なんで、ここに来た」

「なんでって。あなたの願いを叶えに来たんですよ？」

「俺《おれ》の……」

ハヤトの問いかけに、紫の少女は肩《かた》をすくめて微笑んだ。

『俺はお前の死を願う』。

ダンジョンから提示された願い。それに対するハヤトの答えはそれだった。だが、その願いは叶えられず、こうして最下層に落とされた。

「なら、俺の目の前で死んでくれるのか？」

「まさか。それをするには、まだまだ試練が足りませんよ。100階層を攻略《こうりゃく》したって、そんなものはあげられません」

「……じゃあ」

「あげるのは機会《チャンス》です」

そう言って紫の少女は、自らの首を指さした。

「今なら取れるんじゃないですか？　首」

その瞬間、ハヤトは動いていた。

誘《さそ》われていることは分かっている。わざと隙《すき》を見せられていることも分かっている。しかし、ハヤトは飛び込まなければならない。

やるしかないのだ。

多くの人間は、なぜハヤトが探索者になろうと思ったのか知らないだろう。それはシオリや咲《さき》だけではない。澪やロロナだって知らない。何のためにダンジョンに潜《もぐ》ろうとしたのかなど。

だが、彼がハヤトであれば往《ゆ》くしかないのだ。

そうしなければならないのだ。

ヘキサは死にかけていた自分を助けてくれた。何のために？　ダンジョンを壊《こわ》すために。

咲桜《さくら》は天原《あまはら》ハヤトを鍛《きた》えてくれた。何のために？　決まっている。ダンジョンを壊すために。

他の人もそうだ。みんなそうだ。

期待されている。

だから、それには応えなければならない。

「……しッ！」

ハヤトの振るった刃は音速に至り、しかし紫の少女の首筋に激突《げきとつ》した瞬間に静止。

ギィィイインンン！！！！！

金属同士でもぶつかっているのか。そんな嫌《いや》な音とともに、ハヤトの手に返ってきたのは岩でも殴ったかのような手応え。

「ありゃりゃ。まぁ、こんなもんですよねぇ」

飛び出したハヤトの一撃《いちげき》に、紫の少女はなんてことのないように肩をすくめた。

すくめて、笑った。

「良いですか、探索者さん」

刹那《せつな》、ハヤトの全身が総毛立つ。

何をビビっている。何を恐れている……ッ！

「攻撃ってのは、こうやるんですよ」

動いた紫の少女。

それに合わせたのはハヤトの意思ではなく本能だった。咄嗟《とっさ》に防御姿勢を取っての『天降星《あまだれぼし》』。ハヤトが差し出した手に少女の拳《こぶし》が触《ふ》れる。いや、触れたかどうかをハヤトは最後まで認識《にんしき》しなかった。自らの足元に衝撃《しょうげき》を流す。ガッ！　と、地面が砕《くだ》けてクレーターが生まれる。

バッッッツツツ！！！！！

しかし、全てを受け流せず後ろに飛ばされる。ハヤトの身体をつつむえも言われぬ浮遊《ふゆう》感。瞬《まばた》きした瞬間に壁に激突。壁方向に衝撃を受け流すが、しかしそれでも全てを流しきれず全身が痺れる。

「ほら、良いパンチでしょ」

「……そうかもな」

今の一撃で、少女は『縮地』も『寸勁《すんけい》』も見せなかった。ただ、振りかぶって殴っただけだ。だというのに、ハヤトの身体は宙に舞《ま》った。

絶望的な膂力《りょりょく》の差。一体、幼く見えるその身体がどうなっているのか。ハヤトは少しそのことを考えて、笑った。

(返すぞ、今の)

《……できるのか?》

(やるんだよ)

自分の剣で殺せないことはよく分かった。首を斬ろうとして、傷ひとつ入れられないのは見えていたから。

だとすれば『星穿ち』や『星走り』でどうにかなる相手でもないだろう。

しかし、天原にはある。そんな〝魔《ま》〟に挑《いど》むための技が。

だからハヤトは誘う。

「もう一回やってくれよ」

「あなたも物好きですねぇ！」

壁からずり落ちたハヤトは歩いて少女に向かっていく。

横になっている澪とロロナからなるべく距離を取りながら、歩いていく。

「良いですよ、良いですよ。ただ殴っただけで終わられたら、私も興ざめです」

そして、再び互《たが》いを射程に収めた。

「じゃあ、もう一回！」

そう言って、紫の少女は再び腕を振るった。

それを見ていたハヤトは不思議な気持ちになった。何しろ紫の少女の動きは先ほどと全く同じ挙動。同じ体重移動。まるでリプレイ映像を見ているかのような錯覚《さっかく》。

だからこそ、ハヤトは合わせることができた。

手のひらを差し出し少女の拳を誘い込む。角度、体勢、ともに完璧《かんぺき》。左から入った撃力《げきりょく》をそのまま背骨を中心にぐるりと回して、

「『彗星《ほうきぼし》』ッ！」

先ほどのような失態は犯《おか》さない。

今度こそ百パーセント完璧に撃《う》ち返した。しかし、それを紫の少女は気怠《けだる》げに左手を伸《の》ばして、

「ふぅ」

ぱぁん、と乾《かわ》いた音があがる。

そして、紫の少女はこともなげにため息をついた。

「何をしてくるかと思えば、こんなものですか」

ハヤトの拳を握《にぎ》りしめたまま、呆《あき》れたように少女はつぶやく。

「私を殺すっていうから楽しみにしてたんですけど……うーん。実力不足かなぁ」

逃《に》げようとハヤトは拳を引いたが、びくともしない。まるでコンクリートにでも埋《う》められたかのようにびくともしない。

「さっきの撃ち返し？　もう一回やらせてあげますよ。ほら」

そう言って紫の少女は踏《ふ》み込んで、大きく押《お》し出した。

ハヤトはそれを返そうと撃力を体内に飲み込もうとしたが——衝撃はハヤトの体外方向に向かって炸裂《さくれつ》。

「……ヅッ！」

ハヤトの喉元から低い声が漏れると、右腕《みぎうで》が根本から吹き飛んだ。

〝全スキルを排出《イジェクト》〟

〝【ＨＰ自動回復】【治癒力《ちゆりょく》強化】【物理ダメージ軽減Ｌｖ５】をインストールします〟

〝インストール完了《かんりょう》〟

【スキルインストール】がハヤトの危機を察知して治癒《ちゆ》を開始。しかし、血は止まらず流れ続ける。

「ありゃ。脆《もろ》すぎません？　ステータスちゃんと上げてます？」

「……おかげさまでな」

「試練足らずですよ。探索者さん」

少女はそう言って笑うと、後ろに下がろうとしたハヤトの左足を蹴《け》った。その瞬間、ハヤトの身体が半回転。頭から地面に激突する寸前で、ハヤトの足を少女が掴《つか》んだ。

「私に挑もうとしたことは褒《ほ》めてあげます。でも、実力不足にはそれに応じた罰《ばつ》が必要だと思いませんか？」

「………………」

身体を動かす。ギリギリ残った左腕《ひだりうで》で生み出した槍を掴み、少女の瞳に向かって放つ。

だが、槍は瞳の強度に勝てず砕け散った。

「二本ってところで勘弁《かんべん》してあげますね」

その瞬間、少女はいとも容易くハヤトの左足を引きちぎった。

脳を痛みが焼く。筋肉と骨がぶちぶちと千切れていく音が身体の中から響いて、悲鳴をあげようにも声が出ない。スキルによる治癒は働いているが、全くもって効果を発揮していない。足りない。何もかもが。

そんなハヤトをあざ笑うように少女はハヤトの身体を投げた。

地面をバウンドする。転がる。倒れる。

「ま、こんなところですかね」

「……お前」

紫の少女は笑いながら、ハヤトの足を捨てた。

「どうです？　分不相応にも私に挑もうとした探索者さん」

悪態をつこうにも、痛みに耐《た》えるので精一杯《せいいっぱい》すぎて言葉にならない。

「あら。ちょっとやりすぎましたね。あはは、ごめんなさい」

全く反省している様子を見せずに笑うと、少女はハヤトを飛び越《こ》えて澪とロロナをそれぞれ片手でつかみ上げた。

それを見ていたハヤトは思わず吠《ほ》えた。

「やめろッ！」

「あ、急に元気になった。それだけ元気だったら、いまから私と取引をしましょう」

「その二人を放してからだ」

「嫌ですよ。この二人を使うんですから」

少女は二人の服を掴んでいる。

だが、ハヤトの足を素手《すで》で引きちぎるような怪物《かいぶつ》が、自分の弟子《でし》を掴んでいるということが怖くてたまらない。

そして、少女はそのまま弟子二人の首に手をかけた。もし少しでも力を入れれば、首の骨を折ってしまえる。

そんな状況《じょうきょう》に至ってなお、少女は笑顔《えがお》で続けた。

「この二人を見捨てる代わりに外に出させてあげます」

「……は？」

「聞こえなかったですか？　私がここであなたの弟子を殺します。その代わり、外に出させてあげますよ」

「そんなもの……取引にならないだろ。逆だ。俺を殺して、その二人を……」

なるべく動揺《どうよう》しないように。ただハヤトは落ち着きはらって、続けた。

しかし、その返答を予想していたのか、少女は肩をすくめた。

「あ、逆は無いです。ここでみんな死ぬか、弟子二人を殺してあなただけ生き残るか。どっちかですよ」

「…………ッ！」

ふざけるな、と続けたかった。

しかし、そんなハヤトを抑《おさ》えるように少女が澪とロロナの身体を揺《ゆ》すった。

「良いですか？　私はあなたに敬意を払《はら》ってるんです。どんな願いも叶えるというのに、私を殺そうとしたその殺意が好きなんです。だからあなたにチャンスをあげた。けれど、それを無駄《むだ》にしたのは誰ですか？　あなたですよね」

「それは……」

「あなたに実力があれば私を殺せた。首を斬れるチャンスをあげた。ええ、あなたの願いがあなたの身に収まるはずであれば……このような釣《つ》り合いは必要なかったんです。でも、あなたは願っ、て、い、しまった」

「………」

言葉が続かなかった。

どう続ければよいかも分からなかった。

「だから、調整しないとですよね」

「……やめろ」

「いいえ、やめません。ほら、人の世界でも言うじゃないですか。『急《せ》いては事を仕損ずる』

ですっけ？　ぴったりじゃあないですか」

「その二人は関係ない。俺の願いだ。だから、罰は俺だけが……」

「え、いやいや。そんなの今さら言い出しても私は聞かないですよ。さあ、どうします？

決めるのに時間がかかるならあげますよ。二分だけ」

少女は言葉を交《か》わす余地がないかのようにそれだけ言って、黙《だま》り込んだ。

二分。二分で一体何が決まるというのだろうか。

自分だけが生き残るか、あるいはみんな死ぬか。

自分が死ぬという選択肢《せんたくし》があれば、どれだけ楽だっただろうか。一度は死のうと思った
身だからこそ、自分を犠牲《ぎせい》にするのは容易《たやす》かった。

けれど、これは。

「あと90秒ですよ」

「俺だけを殺せ。殺してくれ」

「その話はさっきしました」

にべもなく紫の少女は断った。ハヤトの話には興味など無いと言わんばかりに。

だから、ハヤトはヘキサを見た。

ヘキサはハヤトを守るように一歩前に踏み出した。

《なぁ、ハヤト。私はずっと悩《なや》んでいるんだ。あの時、お前に声をかけるべきだったのかどうか》
（悩み？　そんなことどうだって良いだろ？　澪とロロナを助けないと……）
《私は一人の人間を助けたつもりだった。けど、そいつの人生を決定的に誤らせたかもしれないんだ》
ヘキサは振り返らない。
ただ、ダンジョンの少女を見ている。そして、その隣《となり》に転がっているハヤトの右腕と左足を見ていた。
《私が助けたことで私のために命を投げ出そうとしているんじゃないか。ずっと、そんな不安があったんだ。そして、その不安は当たっていた。私が選んだ少年は、誰かの期待に応えるために頑張《がんば》ろうとしていたんだ》
（それがどうしたんだって言うんだよ）
《ハヤト、きっとお前は気がついていなかったんだろうが……お前が弟子と話す時、弟子を育てる時。お前は弟子に自分を見ていたんだ。弟子を助けながら、救われなかった自分を救おうとしていたんだ》
（……そんなこと、どうだって良いだろ）

投影性同一視、と呼ばれるそれをサバイバーであるハヤトが行うことは、いつ爆発《ばくはつ》してもおかしくないリスクがあった。

《正直に言うよ。私はずっと心苦しかったんだ。お前は弟子を救って、助けて、その先にいる自分を助けようとしていた》

「残り60秒ですよ」

紫の少女にヘキサは見えていない。

だから、動かないハヤトを、決めないハヤトを焦《あせ》らすように言った。

《別にそれは悪いことじゃないんだ。ただ、そうだとしたら……誰《だれ》がお前を助けるんだろうと、ずっと不思議に思っていたんだ》

（いま俺のことなんてどうだって良いだろ⁉　そんな話は……）

《関係あるんだ。そうやってお前が自分の命を簡単に擲《なげう》とうとするのを見ると、きっと私は……お前に差し伸べる手が、差し伸べ方を、きっと間違えてたんだろうと……思うんだ。だから、後は私がやる》

ハヤトは一瞬《いっしゅん》、ヘキサの言葉の意味を考えるように黙り込んだ。

しかし、その一瞬にヘキサが何かを口にした。

〝不明なユーザーのアクセスを検出しました〟

〝生体認証《にんしょう》を行います〟

〝認証完了《にんしょうかんりよう》〟

〝ようこそ、管理者《アドミニストレーター》〟

……なんだ？　何をしているんだ？

何度も何度もダンジョンの中で聞いた声が、聞いたことのない言葉を紡《つむ》ぐ。

〝管理者権限により全スキルが排出《イジエクト》されました〟

《スキルＩＤ『Ｓ‐３０２５』『Ｓ‐１１２６』『Ｓ‐６７８８』をインストール》

〝承認《しようにん》されました〟

〝【ＭＰ増加Ｌｖ５】【召喚魔法《しようかんまほう》】【儀式魔法《ぎしきまほう》Ｌｖ５】をインストールします〟

〝インストール完了〟

ハヤトの身体にスキルが入る。

「残り30秒」

《この方法は……きっと、お前が嫌がるだろうから、やらないつもりだったんだ》

刹那、ヘキサが腕を振るう。

《リスクもあるしな。この星は私の生存可能領域《ハビタブルゾーン》ではない。私の身体がこの星で保《も》つのはせいぜいが五分。それ以上は、保たない》

生み出されるのは大きな魔法陣《まほうじん》。

「あら？　このタイミングで抵抗《ていこう》ですか？　ええ、良いですよ。どっちにしろ時間が経《た》てばこの二人は殺すだけなんで」

突如《とつじょ》として生み出された精緻《せいち》な魔法陣に紫の少女は、怯《ひる》んだ様子も見せずそう言う。

だが、ハヤトはそれに対してどんな言葉も返せず、魔法陣を見ることしかできなかった。

陣の中心に転がっていたハヤトの腕が、足が、血液が発光しながら魔法陣の中に飲《の》み込まれていく、その様子を。

天原の身体は優《すぐ》れた儀式触媒《ぎしきしよくばい》となる。〝魔〟を祓《はら》うためだけに千二百年かけて品種改良した身体は、その爪《つめ》の一片《いっぺん》、髪の毛の一本までが異能にとっての宝物だ。

《ああ、やっぱりすごいな。天原の身体は。たったこれだけで、三分も顕現《けんげん》できるのか》

（お前、何を……ッ！）

《ちょっとの間、返してもらうぞ》

〝【武器創造】を譲渡《イエールド》〟

〝【スキルインストール】を譲渡《イエールド》〟

その瞬間《しゅんかん》、ハヤトの頭の中から声が聞こえた。

その代わり、目の前に雷《かみなり》が落ちた。激しい雷鳴《らいめい》と閃光《せんこう》が五感を貫《つらぬ》いた。

「この姿は初めまして、だな」

「……ヘキサ」

そして、魔法陣の中に一人の女性が立っていた。

銀の髪に黒真珠《しんじゅ》のような瞳。まるで神が作り出した造形美のような、人ならざる存在。

その手に錫杖を持ち、ハヤトに微笑む。

「おっと？　召喚魔法ですか？」

「ああ、そんなところだ」

顕現したヘキサが肩をすくめる。

未《いま》だに澪とロロナを持ったままの紫の少女は、不思議そうに目を細めて……次の瞬間、ほとばしった水流によって両腕《りょううで》を断《た》たれた。

「時間が無いんだ。悪いが、押し切らせてもらう」

「……へぇ。人間じゃないですね。あなた」

「お前と同じ存在だよ、ダンジョン。この星でない生き物だ」

「お仲間ですか。これはなかなか……」

地面に落ちていた少女の手がスライムのように丸まって跳《は》ねると、両腕にくっつく。

「油断できなそうですね」

再びヘキサが錫杖を振るう。振るった瞬間、生み出された濁流《だくりゅう》が澪とロロナを真横に運びながら紫の少女を押しのける。

「ほら、『斬ってしまえ』」

ヘキサの詠唱《えいしょう》。

再び生み出される水の線。真横に薙《な》ぎ払われた瞬間、王の間。その壁《かべ》を断ち切りながらダンジョンの首を狙《ねら》う。

「急に強い人出てきてびっくりですよ……っと！」

ズン、と少女が地面を踏み抜いた瞬間、濁流が割れた。がくん、と少女の身体が下に落ちて水の線を回避《かいひ》。そのまま少女は割れた水の底を蹴るとロケットのようにヘキサに向かって飛び出した。

「魔《ま》法《ほう》は使わないのか？」

「ええ、ハンデです」

「油断はしないんだろう？」

ヘキサがそう言った瞬間、紫の少女の突撃《とつげき》がヘキサの目前で止まる。少女の足首には触《しょく》手《しゅ》のような水の紐《ひも》がついている。

「ハンデがないと勝負にならないでしょ。私とあなた達《たち》だと」

「さて、どうだろうな」

紐が収縮。まるでゴムのように少女の身体を後ろに引っ張ると、まるでパチンコのようにダンジョンの身体が壁に激突！

粉塵《ふんじん》を上げたところに向かって、ヘキサは錫杖を真正面に構えた。

「『潰《つぶ》れてしまえ』」

次の瞬間、砕けた壁がまるで逆再生の映像のように壁へと戻《もど》ると紫の少女を生き埋めにする。

「うわ！　窒息《ちっそく》！　窒息！！」

「呼吸なんてしなくても生き残れるだろう。お前は」

「まぁ、そうなんですけどね」

壁が砕ける。そこから少女が姿を現す。

「足止めできて満足ですか？」

「そうだな。このままお前を殺してしまおうと思っていたところだ」

「怖ァ！」

「『捕《つか》まえろ』」

次の瞬間、床がヘドロのように粘性《ねんせい》に変化。どろりと蠢《うごめ》くと、ダンジョンの身体を捉えた。

「『捻《ねじ》れ』」

そして、雑巾《ぞうきん》絞《しぼ》りのように締《し》め上げた。

バキ、と音を立てて紫の少女の身体がねじれる。

「あのー」

まるでこれから蛇《へび》に飲まれる獲物《えもの》かのように、絡《から》みついた床の中にいる少女が尋《たず》ねる。

「あなたってこの星の生き物じゃないですよね」

「そうだ」

「しかも不思議なんですけど、そのスキル……。きっと私の同胞《どうほう》から奪《うば》ったものですよね？」

「さて、どうだろうか」

淡々《たんたん》とした様子で肩をすくめたヘキサ。しかし、紫の少女はそんなヘキサの有耶無耶《うやむや》にしてしまうような話し方に流されず、続けた。

「だとすれば、私としても戦い方をちょーっと変えないといけない感じですかね」

「そうか。だったら、こちらもギアを上げよう」

そうして、ヘキサは再び錫杖を振るう。

生み出されるのは暗黒の球体。それがヘキサから直線上に放たれると、地面を削《けず》りながら拘束《こうそく》されたままの少女に向かっていく。【重力魔法】による崩壊球《ほうかいきゅう》。触れればダンジョンといえども、無事ではいられない球体に対して少女は強引《ごういん》に拘束から抜け出すと、壁と天井《てんじょう》を使った三角蹴りで回避と加速。ヘキサに猛進《もうしん》。

ハヤトは静かになった頭で、その戦いを見ていた。澪とロロナがそれに巻き込まれないように、這《は》いずって部屋の横に寄せてやる。

「……んだよ」

これまでずっと、頭の中で会話していた女性を見る。

その顔はいつにも増して落ち着いていて、そして輝《かがや》いていた。

「そんなに強いなら、もっと先に教えてくれよ……」

球体が壁を削り取って外と部屋を繋《つな》げた。

しかし、紫の少女は球が戻ってくるよりも先にヘキサに拳の二連撃。ヘキサはそれを避《よ》けることなく真正面から受け止めた。

ドドッ！　と、信じられないほどくぐもった鈍《にぶ》い音が響いたが、果たしてヘキサは無事。

ハヤトが目を細めて見れば、少女の拳とヘキサの身体の間に小さな球体が生じている。

「うわ！　うわわ！　うわー！」

次の瞬間、紫の少女がすさまじい勢いで逆回転しはじめた。

「【武器創造】は超遺物《オーパーツ》を生み出すことができてな」

ヘキサはハヤトに聞こえるように大きな声を出した。

「これは『反重力《アンチグラビティ》』。地球でも既知《きち》の超遺物《オーパーツ》だ。触れた相手にかかっている重力をゼロにできる。踏み込む直前にそれを展開してしまえば、ほらこの通りだ」

「ちょっと！　見てないで止めてくださいよ！」

「良いだろう」

少女の願いに応えるようにヘキサが武器を消すと、空中で回転し続けていた紫の少女は頭から地面に落ちた。

落ちた瞬間、少女を中心に幾何学《きかがく》模様が走る。

走った瞬間、その中心に黒点が生まれた。まるでそこだけマジックで黒く塗《ぬ》ってしまったんじゃないかと思うような黒い点が。

「【重力魔法】は便利なものだが、ＭＰ消費が多いのが難点だな」

錫杖が地面に突《つ》かれる。かぁん、と音がなる。

「ああ、そうだ。ロロナもいずれ気がつくだろうが、ただ相手を押しつぶすだけが【重力魔法】ではない。例えば、こうして【地属性魔法】によって無限の質量を生み出した後【重力魔法】によってその影響範囲《えいきょうはんい》を限定することだってできるんだ」

刹那、紫の少女の身体が黒点に飲み込《こ》まれる。

「さて、ハヤト。無限の質量って何だか分かるか？」

「いや、全く」

受肉したというのに今までと何も変わらない様子でヘキサから質問を投げられて、ハヤトはいつもの調子で答えた。

「ブラックホールだ。その球に近づくなよ。私が影響範囲を絞《しぼ》っているからなんともないが、近づけば、この星だって壊してしまう」

「そんな魔法をここで使うなよ」

「まぁそう言うな」

ヘキサがそう言うと、黒点がバラバラになって崩壊。

その内側からどろりと液体みたいになった紫の少女が流れ出してくる。

「むきーっ！　ずる！　ずるですよ！　その魔法！」

「お前がそれを言うのか？」

「はい。あまりにズルすぎるので、魔法は禁止です」

紫の少女が両手でバツを浮《う》かべる。

次の瞬間、ヘキサは錫杖を掲《かか》げたまま硬直《こうちょく》。先ほどと違《ちが》って何も発動しない。それだけではない。ゆっくりとヘキサの身体が消えていくのだ。

「あぁ、やっぱり。見たときから薄々《うすうす》思ってましたけど、それ召喚魔法で受肉してたんですね。でもざんねーん！　ここは魔法禁止区域でぇーす！　顕現不可！」

「ふざけんな、そんな後出しが……ッ！」

そう叫《さけ》んだのはハヤト。

「何を言ってるんですか？　後出しはこの宇宙人でしょ。この場にいたのは三人だけ。闖《ちん》入《にゅう》者は想定外です」

しかし、ダンジョンはへらりと笑って続けた。

「ハヤトッ！」

刹那、ヘキサがハヤトに長剣を投げた。

【武器創造】をヘキサに譲渡することになったハヤトは、今や武器がないただの人間。だからこそ、彼《かれ》から戦う手段を奪ってしまったヘキサが残そうとしたのは、彼女《かのじょ》にとっての最後のあがき。

ハヤトに残そうとした一つの武器。しかし、それを受け取ったのは紫の少女で、

「良いからさっさと消えちゃってください」

「……ハヤト。お前ならッ！」

血相を変えたヘキサはそう叫んだが、しかし紫の少女が、ぱんと手を叩《たた》いた瞬間に姿を消した。

「……ヘキサ？」

問いかける。

答えはない。

「ヘキサ……？」

再び声に出す。名前を呼ぶ。

声は返ってこない。

「あの人、そんな名前だったんですか？　いま消えちゃいましたから名前呼んでもしょうがないと思いますけど」

少女が無邪気《むじゃき》に問いかける。

ありえないと言いたかった。叫びたかった。

そんな簡単にヘキサが消えてしまうということが信じられなかった。だって彼女は、ずっと頭の中にいて、

「じゃあ、さっきの続きをしましょうか。あなただけが生き残るか。誰にも知られず全滅《ぜんめつ》をするか」

ヘキサはいない。【スキルインストール】と【武器創造】もない。

そして、何よりも今のハヤトには右腕と、左脚《ひだりあし》がない。

何もかもがない。

ひゅう、とハヤトは息を吐《は》き出した。

たまらなく怖《こわ》かった。足が勝手に震《ふる》えるのが分かった。息を吸《す》い込む。呼吸すらも震える。定まらない。

何もないのが、こんなに怖いことだとハヤトは初めて知った。

結局、ハヤトが持っていたのは与《あた》えられた力であって、彼自身のものではない。そんなことは重々知っているつもりだった。

その恩恵《おんけい》に誰よりも与《あずか》っていることを理解しているつもりだった。

けれど、結局ハヤトは何も分かっていなかったのだ。

過ぎた力を与えられることも。それを与えられたとしても、何も成せない無能がいるということも。

そんなハヤトに、ただ純粋《じゅんすい》な笑顔を紫《むらさき》の少女は向ける。

向けられたハヤトは、ぐっと恐怖《きょうふ》を飲み込んで口を開いた。

「……ちょっとだけ昔話に付き合ってくれないか」

「良いですよ。暇《ひま》ですから」

今の自分がダンジョンに勝てる確率はどれだけあるだろう？

決まっている。ゼロだ。無だ。逆立ちしたって勝てる相手じゃない。

そんなことは分かっている。

けれど、それは当然なのだ。

結局、天原ハヤトの実力は所詮《しょせん》３階層。そこから自分の力で先に進むことは二年かけてもできなかったのだから。

「俺《おれ》はずっと、自分のことが嫌《きら》いだったんだ」

「なぜです？」

「弱かったから」

「今も弱いじゃないですか」

「……ああ、そうだな」

三年前。どれだけ嫌われても、どれだけ弱くても、ハヤトはあの家にいたかった。

けれど、それを押し通すほどの力が無かった。

「でも……ちょっとだけ、自分のことを好きになれると思った」

「なぜです？」

「こんな俺でも、誰かの期待に応えられると思ったからだ」

「今のその姿でもですか？」

「ああ、そうだ」

家から追い出されて、自分の心を繋ぎ止めるものが前線攻略者《フロントランナー》という称号《しょうごう》だけになったとき、ハヤトはどんな手を使ってもそこにしがみつこうと思った。

けれど、それを押し通すほどの力はなかった。

「結局、お前が言うように俺は弱いままで、誰かの期待に応えられると思ってたのも……思い上がりだったんだ」

「よくある話じゃないですか」

「そうなのかもな」

自分の願いを叶《かな》えるために弟子を巻き込んでしまったから、せめてダンジョンに殺されないように弟子を守りたいと思った。

けれど、それを押し通すほどの力も無かった。

強くなったと思った。思いたかった。しかし、それはヘキサからの借り物の力で、ハヤトには何かを押し通すほどの実力は終《つい》ぞ手にすることはできなかった。

だから、ここで殺される。

自分ひとりであれば、それも良いと思った。

その身に余る願いを抱《いだ》いた罰だ。ふさわしい末路だと思った。

「天原って、知ってるか」

「いえ、知りませんが」

「俺の家なんだけど……色んな技があるんだ」

「私のパンチを撃ち返してきたやつですか？」

「ああ、それだ」

けれど、ハヤトは一人ではないのだ。

守らなければならない存在がいるのだ。

「実はな、ヘキサと出会う前……そう、つい二ヶ月前まで俺が使える天原の技は、せいぜいが二つ。けど、ちゃんと使えるのは『星走り』っていう技だけだったんだ」

「もうひとつは？」

「見せ、て、やるよ」

痛みに耐えるように、ハヤトは引きつった微笑《ほほえ》みを浮かべた。

その瞬間、ハヤトの全身が揺らめいた。

「『曩莫《ノウマク》　薩嚩怛佗《サラバタダ》　蘖帝毘藥《ギャテイバク》』」

ハヤトの心には小さな怯《おび》えと大きな覚悟《かくご》。肺腑《はいふ》の奥に酸素を取り込む。

それは彼が使えるただ一つの異能。

〝天原〟が持つ最奥《さいおう》の秘術。

「『薩嚩日契毘藥《サラバボツケイビヤク》　薩嚩他怛囉《サラバタタラタ》　賛拏摩賀路灑拏《センドマカロシャダ》』」

重みに耐えるようにハヤトが身体をよじる。本能が身体を動かす。苦しい形、楽な形を探して手足が動く。だが、重たい。まるでヘドロの中を動いているような重みがある。

故《ゆえ》にそれは、極地である。

「『欠佉呬佉呬《ケンギヤキギヤキ》　薩嚩尾覲南《サラバビギナ》』」

初代〝天原〟は数多くの〝魔《ま》〟を狩《か》った。〝帝〟も草薙《くさなぎ》も彼らを英雄《えいゆう》と崇《あが》めた。しかし、どうだ。己《おのれ》を振《ふ》り返ってみて。自分は強いか。それだけをただ自問した。

多くの〝魔〟を祓った。多くの異能を祓った。

だが、〝草薙〟の遠き祖先が祓ったという首八つの蛇を祓えるだろうか。

だが、唐《とう》に伝わる全身が燃《も》え盛《さか》る不死の鳳《おおとり》を祓えるだろうか。

絹の道。その最奥に潜《ひそ》むと伝わる火を吐き空を飛ぶ竜《りゅう》を祓うことができるだろうか。

否。断じて否。

倒《たお》せるはずもない。自分は草薙の者のように非凡《ひぼん》でなく、まさしく凡庸《ぼんよう》。己《おの》が肉体でそのような強大な〝魔〟に勝てるわけがない。

ならばどうするべきか。初代天原は無数の戦いの果てに、そこにたどり着いた。

〝魔〟の力を借りるのだ。

「『吽怛羅《ウンタラタ》　吒憾《カンマン》』」

そもそも〝魔〟とは何なのか。仏と魔《マーラ》は何が違うのだ。神と悪魔《あくま》は何が違うのだ。

決まっている。人に仇《あだ》なすかどうかではないのか。人に利益を与えてくれる者を神と呼び、天使と呼び、仏と呼んだ。人に仇なすものを魔と呼び、悪魔と呼んだ。それだけの話じゃないのか。

故に、初代天原は人の身にて『異能』へたどり着いた。

かつてこの世界に君臨し世界を破壊《はかい》せんとした破壊神《シヴァ》は、しかしその逸話《いつわ》が海を越《こ》えて伝わってきた時には姿を変え、形を変えていた。

即《すなわ》ち、ありとあらゆる〝敵〟を屈服《くっぷく》させ、打ち払い、消滅《しょうめつ》させる『不動明王』として。

「秘技――【神仏降臨】。いや、【神降ろし】」

ハヤトの身体から不動の炎《ほのお》が吹《ふ》き荒《あ》れると、彼の身体を薪《まき》のように覆《おお》い、燃え盛る。ハヤトの失った右腕《みぎうで》を炎が補う。左足を形作る。

真言《マントラ》を唱え、その身に神を降ろし、ほんの少しだけ――わずか一塵二埃《0.000000012%》だけ借りる技。

正真正銘《しょうしんしょうめい》、ハヤトの奥《おく》の手《て》だ。

バチバチと燃え盛る炎がハヤトの身体を焼いていく。火傷痕《やけどあと》が刻まれ、赤黒く肌《はだ》が染め上げられていく。

もしこれで自壊《じかい》しなければ、ハヤトはいまごろ天原に残っていた。しかし、未熟なハヤトはどうしても身体を犠牲にするしかない。

だから、長くは持たない。

「……ふむ。ふむふむ。なるほどですよ」

紫の少女はハヤトの変質、その異常性に気がついたのか何度もうなずいた。

超短期決戦《ちょうたんき》。全てを投げ捨て、その身を捧《ささ》げ、神に縋《すが》る。

弱者に許された最後の最後の他力本願。

「良いもの持ってるじゃないですか。探索者《たんさく》さん！」

ハヤトは一歩、踏《ふ》み込んだ。

その衝撃《しょうげき》で階層主《ボス》部屋の地面が大きく陥没《かんぼつ》。燃え盛る炎がハヤトから溢《あふ》れ出し、地面を舐《な》めると絨毯《じゅうたん》を焼く。ハヤトの脚が地面を離れる。次の瞬間、紫の少女の身体が宙に舞《ま》うと壁に叩きつけられた。

叩きつけられた少女は壁から抜《ぬ》け出そうと身を捩《よじ》る。捩った瞬間、ハヤトの膝蹴《ひざげ》りが叩きこまれる。壁が陥没。少女の身体がバウンド。

その身体を焔《ほのお》の右手で掴《つか》みながら地面に叩きつけた。

「あっつ！　あっつ！　なんかこの炎、他のやつと違いますね⁉」

「仏敵を祓う祓魔の炎。熱ィだろ！　ダンジョンッ！」

吠えると同時に、ハヤトは両脚で地面を蹴《け》った。正真正銘『星穿《うが》ち』。

生身では到底《とうてい》耐えきれないような撃力《げきりょく》が激発。刹那《せつな》、階層主《ボス》部屋の地面が粉々に砕《くだ》け散ると、十数メートルの巨大《きょだい》なクレーターを生み出して大地を激しく揺らした。

「……っつ！」

「悲鳴あげたな。効いてんだろッ！」

そして、掴んだその身体を宙に投げる。

「ぶっ飛べッ！」

そして、その投げた少女に向かってハヤトはバネのように身体を縮めて、大きく溜《た》める。

そして、激しく撃《う》ちあげた。

ハヤトの身体を覆っている炎が渦巻《うずま》くと、拳《こぶし》に宿って撃発《げきはつ》。右の炎が爆発したかのような衝撃とともに、少女の身体にジャストヒット。その勢いのまま階層主《ボス》部屋の天井に激突《げきとつ》すると、貫通《かんつう》。勢いそのまま外に飛び出した。

気を失っていた澪とロロナが、流石《さすが》の衝撃に目を覚ます。だが、ただならぬ気配を感じてハヤトに話しかけることもできずに押《お》し黙った。

故にハヤトは二人が目覚めたことも気が付かないままに跳躍《ちょうやく》。空に浮かぶ少女の身体に向かって飛び上がる。

「……やるじゃないですか」

「どうも」

さらにハヤトは空中で蹴り技に派生。少女の身体をサッカーボールのように蹴り飛ばすと、城壁《じょうへき》内部。何もなかった市街地に向かって身体を飛ばした。その勢いは音の速さを軽く超え、石造りの家を四つ壊《こわ》して少女の身体は停止。

ハヤトは地面に着地すると同時に疾走《しっそう》。燃え盛る身体が動かなくなる前に、ダンジョンを祓わなければならない。

「探索者さん！　いっきまっすよー！」

突如、聞こえてきた声は真上から。

見ればそこには家を一棟《とう》、その細腕《ほそうで》に持っている紫の少女の姿が。

そして掛《か》け声とともに間髪《かんはつ》を容《い》れず、ハヤトに投擲《とうてき》。迫《せま》りくる家に向かってハヤトは右腕を掲げると、

「『彗星《ほうきぼし》』ッ！」

家を、撃ち返した。

「うわぁお！」

飛んでいった家は放物線を描《えが》きながら城壁の外に飛んでいく。

その光景を横目で見ながらハヤトは追撃《ついげき》。少女もまた、負けじと疾走。

「ふッ！」

「どっせーい！」

二人の拳が激突。生み出されたエネルギーの余波によって、城下街の建物。その全てが砕け散ると、城壁すらも吹き飛んだ。木《こ》っ端《ぱ》微《み》塵《じん》になった瓦礫《がれき》の海でハヤトが右の手を引いた。

炎で出来た祓魔の拳は、しかし少女との一撃《いちげき》に耐《た》えきれずに砕け散る。薬指と小指が千切れ、真ん中から二つに裂《さ》けて、炎の中に光を放つ骨が見える。

だが、それも一瞬のこと。すぐさま逆再生のごとく炎が蠢き、傷を癒《い》やす。

「はァッ！」

再生することを前提とした捨て身の一撃。

ハヤトの拳に対して腕《うで》をクロスして防いだ紫の少女だったが、ハヤトから溢れ出した炎

がその身体に伝染《でんせん》。大きく後ろに吹き飛ばすが、今度はそれを止める障害物はなく夜の中に光の軌跡《きせき》を描く。

そして、それを追いかけるようにハヤトは跳躍。

数十秒の滞空《たいくう》とともに、ダンジョンの少女が激突したのは、ハヤトたちが閉《と》じ込められたあの砦《とりで》だった。

「……随分《ずいぶん》と、飛ばされましたね」

「階層《エリア》全部が戦いの場って考えればちょうど良いだろ？」

そして当然、ハヤトはそれに追いついている。

そのままトドメを刺《さ》そうとしたハヤトだったが、紫の少女はハヤトに向かって『待った』をかけた。

「そういえばまだ名前を聞いていませんでした」

「……天原ハヤトだ」

何をいまさら、と思いながらハヤトは名乗る。

その名乗りを聞いた少女はにっと笑った。

「では、ハヤトさん。どうぞ」

少女はまるで挑発《ちょうはつ》するように手のひらを裏返して、指先をくいっと曲げた。これだけやられてもなお『来い』と言わんばかりに。

「挑戦者《チャレンジャー》の技を全て受け止めてこそ、その先に絶望があると思いませんか？」

「……お前のそういうところは嫌いじゃねぇよ」

「私は探索者さんみんなが好きですけどね」

ハヤトはそれには答えず、左手を直線に差し出して右を大きく後ろに引く。まるで弓でも放つかのようだが、そんなものはない。

そして、紫の少女もハヤトの異様な構えに対して何も言わない。

言葉は要《い》らない。

「──往《い》くぞ」

「どうぞ」

だから、それ以外の全てが無粋《ぶすい》だ。

ハヤトの脚が地面を離《はな》れる。身体が音の速さに乗る。だが、その程度で終わるはずがない。加速する。加速する。どんどん加速する。音の壁など容易に超える。

だが、止まらない。

まだ先がある。その先がある。

ハヤトの拳からソニックブームが生み出される。

衝撃に耐えられず、皮膚《ひふ》が破れる。破れた肌の奥から血が溢れ出す。血が尾を引く。引いた尾に炎が灯《とも》る。

赤と紅が世界を彩《いろど》る。少女はその僅《わず》かな時間で回避することを諦《あきら》めると、ハヤトの拳に備えて防御《ぼうぎょ》姿勢を取った。そんな少女にハヤトの拳が触《ふ》れる。触れた瞬間に、その全ての体重が乗せられる。

その一瞬、確かに少女は明らかな狼狽《ろうばい》の表情を覗《のぞ》かせた。

だが、既《すで》に技は発動している。触れた場所から少女の身体をえぐり取るように撃力が貫いていく。いや、今たしかに穿《うが》った。

「【神降《しんこう》：星走り】」

少女の身体が耐えきれず、四散する。その身体からドロリとした黒い液体が、雨のように68階層に降り注ぐ。

ハヤトは残心。残っていた炎が消えていく。

『あーあ。負けちゃった』

ふと、空から少女の声が聞こえた。

否、空ではない。ダンジョンの全てから聞こえてきているのだ。

『でも、楽しかったですよ。あなたの勝ちです。ハヤトさん』

その声は段々と小さくなりながら、それでも勝者に捧げられる。

『また、会いましょうね』

そんな声を最後に残して。

第7章 ✦ 願いの果ての探索者

「えっ、それでダンジョンを倒しちゃったんですか⁉」

「おう」

「なんというか……。お兄様も男の子ですねぇ」

ハヤトと向かい合うエリナ。彼らがいるのは市内の中核《ちゆうかく》病院……が、無くなったので隣《となり》街《まち》のものである。そして、彼の近くにいるのはエリナだけではない。澪《みお》とロロナ、シオリに咲《さき》にユイ、そして咲桜《さくら》とツバキまで勢揃《せいぞろ》いである。

68階層の中でダンジョンを倒したハヤトはそのまま気を失い、気がつけば澪とロロナに助け出されていた。そして、ダンジョンの中から出るや否《いな》や、『転移の間』の真正面で待機していたエリナとシオリによって救急搬送《はんそう》となったのだ。

そもそも右腕がなく、左足もなく、それでいて、全身大火傷《おおやけど》の重傷だ。崩壊したダンジョンシティではそれを治療《ちりよう》できる人間はおらず、ダイスケの持っていた治癒《ちゆ》ポーションLv5を飲まされて、そのまま病院に入院となったのだ。

そして、目を覚ましたハヤトのもとにはエリナだけではなく多くの見舞《みま》い人がいて、事の顛末《てんまつ》を話すことになったというわけだ。

その話に相槌《あいづち》を打っていたエリナだったが話が終わるやいなや、咲桜が口を挟《はさ》んだ。

「流石ハヤトさんです。私が見込《みこ》んだ通りにダンジョンを攻略されましたね。……こんなに早く攻略されるとは思いませんでしたけど」

「咲桜さんに色々教えてもらったおかげですよ」

ハヤトは本心から、咲桜に感謝を伝える。

『御三家《ごさんけ》』の人間に気後《きおく》れすることも、僻《ひが》みを覚えることもなく、感謝を伝えることができたハヤトはそんな自分に気がついて少し驚《おどろ》いた。

しかし、ハヤトがそんな驚きを噛《か》みしめるよりも前に、ユイが横から顔を覗かせる。

「それで、ダンジョンを倒したんでしょ？　何かアイテムはドロップしたの？」

「いや、俺は知らないんだけど……。二人は知ってるか？」

ハヤトが視線を澪とロロナに向けると、彼女たちは視線をあわせてうなずいた。

「はい！　キレイなビー玉？　みたいなものが落ちてましたよ」

「……今は、ギルドの鑑定《かんてい》にある」

この場にいる誰《だれ》もが与り知らぬことだが、ダンジョンが残したのは『転移の完宝珠《かんほうじゅ》』。

一度使用したら消えてしまう『転移の宝珠』と違って、どれだけ使っても壊れることはない使いたい放題の『転移の宝珠』だ。

一方でその場にいる唯一《ゆいいつ》のギルド職員である咲が、焼け熔《と》けたハヤトの探索者証《ライセンス》を見ながら、呟《つぶや》いた。

「新しい探索者証《ライセンス》がいりますね」

「そう……ですね。申請《しんせい》しないと……」

壊れてしまった探索者証《ライセンス》だが、再申請をすれば当然新品が発行される。問題は探索者証《ライセンス》が再発行されるまでの間、ダンジョンに潜《もぐ》れないということだが。

「どうされますか？　必要であれば病院《ここ》で書けるように書類を取り寄せますが……」

「……今は良いです。また必要になればお願いします」

「ええ、分かりました」

咲はにっこりとハヤトに微笑んだ。ハヤトの違和《いわ》感《かん》に気がついたのは、エリナだけ。ダンジョンを攻略することを至上命題にしていたハヤトがダンジョンにすぐ潜らないという選択肢《せんたくし》を取ったことに違和感を覚えたのだ。

しかし、それを口にする前にツバキがハヤトに問いかけた。

「ねぇ、ハヤちゃん。私にも何か言うことがあるんじゃない？」

「え、なに……？」

ツバキは婚約者騒動《こんやくしやそうどう》もそうだが、ダンジョンの言葉を借りれば一度死んだ身である。そんな彼女が平然とそこに立っていることが不思議に思えてくるのだが、彼女はそんなことなどおくびにも出さずに続けた。

「この病院はウチの病院だよ？　そうじゃないと、街がこんな大変なことになってるのに病室を確保できないでしょ」

「……すまん」

「謝罪じゃなくて」

「ありがとう、ツバキ」

「許してあげる」

にっ、とツバキが微笑む。

「ハヤト。何か食べたいものない？　なんでも買ってくる」

「え、今は要らないけど」

「何でも良い」

「そもそもこの時間だったらコンビニしか開いてないだろ？」

シオリからそう言われたものの、未《いま》だ時間は夜明け前。スーパーなんて開いているわけ

もなく、

「スーパーでもなんでも良い。お腹《なか》が減ってるかと思って」

「……いや、今は寝《ね》かせてくれ」

「分かった。邪魔《じゃま》にならないようにする」

シオリはそれだけ言うと、素早《すばや》く病室を後にした。

最近、聞き分けが良いんだよなぁ……と思っていると、ハヤトの『寝たい』という欲求を尊重するかのように、気がつけば各々《おのおの》が病室から出て行く。

そして、最後にエリナだけが残った。

「良かったんですか？　ご主人さま」

「うん？　食べたいものか？」

「いえ、そちらではなく……探索者証《ライセンス》の方です」

「俺は要らないよ」

ハヤトはそう言うと、首にかかっていた探索者証《ライセンス》を外した。

「俺はこれからアメリカに行く」

「……は、はい？」

唐突《とうとつ》なハヤトの言葉に、エリナは思わず問い返した。

「あれ、聞こえなかったか？　俺はアメリカに行くって」

「聞こえてましたよ！　あまりに唐突だからびっくりしているだけです！」

「唐突じゃない。だって、ヘキサと約束しただろ。俺は一年で地球に出来たダンジョンを全部クリアするって」

「お、仰《おっしゃ》ってましたけど……」

　GDP上位七カ国に生み出されたダンジョンは、残り六つ。

　放っておけば残り十ヶ月で地球の核《かく》に手を伸《の》ばし、破壊してしまうだろう。だから、それを止めなければならない。

　それがヘキサとの約束だから。

「ヘキサは消えちまったけど、約束はちゃんと果たさないとな。ヘキサに怒《おこ》られるだろ」

「消え……。え、ええ？　ヘキサ様がどうなられたと!?」

　エリナとハヤト以外、誰にも見えない思念体の存在の消失をハヤトは初めて口にする。

　ぐっと目元によぎった涙《なみだ》をハヤトは静かに飲《の》み込んだ。

　そして、なるべく平静を保って続けた。

「だから、ダンジョンとの戦いの最中でヘキサは消えたんだって。ほら、アイツいないだろ？」

「いらっしゃいますけど……」

「は？」

今度はハヤトが問い返す番だった。

そんなハヤトに教えるようにエリナがおずおずとハヤトの後ろを指差す。するとそこには、ヘキサが静かに眠《ねむ》っていて、

《うるさいな……。何だ？》

「え⁉ なんでお前生きてんの⁉」

《勝手に殺すな。召喚魔法《しょうかんまほう》で顕現《けんげん》していたところで魔法を解除されたんだから、召喚状態じゃなくて普通《ふつう》に戻《もど》っただけだ。あぁ、頭が痛い……》

「そ、そういうもの？ じゃあ、俺の涙は……」

《お前、泣いてないだろ。そもそも泣くほどの暇もなかっただろ》

「それはそうだけどさぁ！」

思わぬ衝撃にハヤトの感情はぐちゃぐちゃ。

そんなハヤトに追い打ちをかけるようにヘキサは続けた。

《あと、さっきのお前……。かっこつけて探索者証《ライセンス》の再発行を断っていたが、あれは世界共通規格だから日本のものがアメリカでも使えるぞ》

「えッ」

《今すぐ咲を呼び戻してこい》

「嘘《うそ》ぉ！　ちょっと、咲さーん！」

ハヤトは慌《あわ》ててベッドから転げ落ちた。

それを見ていたヘキサは『まだスキルを返していなかったな』と思い返して、小さく手を掲げる。

〝【武器創造】を受領《リセプト》〟

〝【スキルインストール】を受領《リセプト》〟

〝【スキルインストール】のアップデートが可能になりました〟

〝アップデート内容〟

〝スキルレベルの上限解放〟

〝Lv5　↓　Lv7〟

〝スキルスロット解放〟

〝3　↓　5〟

〝アップデートしますか？　Y／N〟

ハヤトは病室から抜け出しながら『Y』を選択《せんたく》。

ついさっき病室を後にした全員を追いかける。
それを見ていたヘキサは締《し》まらないなぁ、と笑った。

あとがき

一番好きな寿司のネタはサーモン
どうも、お久しぶりです。シクラメンです。

早いもので中卒探索者も4巻を迎えることができました！

さて、既に読んでいただいた方はお気づきでしょうが、中卒探索者の第一部はこの話で終わりとなります。ウェブ版での呼称に乗っ取ると『日本編』と言うべき第一部でしたが、いかがでしたでしょうか？

楽しんでいただけましたら幸いです。


この作品は2019年からウェブ版の連載を始めているので、4巻が発売される頃には早くも連載開始から4年の月日が経ったことになります。連載を始めた時には中学生だったり高校生だった人たちはとっくに卒業して新生活を送っているころでしょうし、大学生だった人は社会人になっていたりするような年月です。時間が流れるのは早いもんですね。

ここまで追いかけてくださった皆様には感謝してもしきれません。

本当にありがとうございます。

さて、たまには真面目な話をさせてください。

この作品を書こうと思ったきっかけは、作中に出てくる『あるキャラクター』の生い立ちのモデルになった方との出会いがあります。親から虐待を受け、ネグレクトを受けていた方との出会いです。ですので、中卒探索者と『虐待を受けた子どもたち』は深いところで繋がっています。


この作品の連載が始まってから4年で世の中は大きく変わりました。

まだ4年前にはコロナなんて流行っていませんでしたし気軽に海外に行けるような時代でもありました。そう考えるとたった数年で世の中は劇的に変わってしまうんだなと思わされます。しかし、そんな出来事の裏には彼ら／彼女らのような人たちがいます。

どのキャラがモデルになったかは言いません。

ただ、彼ら／彼女らの生い立ちが浮世離れはしていないということだけ、どこか心の片隅に置いていただければ嬉しく思います。

では、真面目な話はここまでにして漫画版の宣伝をさせてください。

実は3巻と4巻の間にごんた先生の描かれている漫画版の中卒探索者1巻が発売されております！

小説よりも活き活きと動くハヤトたちが読めますので、まだの方はぜひぜひお買い求めください！

それでは謝辞の方に移らせていただきます！

今回もイラストを担当していただいたてつぶた先生！

いつも素敵なイラストをいただきありがとうございます！

四巻のイラストも最高です！

続きまして編集様。

相変わらず全編書き下ろしという無茶を受け入れて頂きありがとうございます！

2巻からウェブ版の流れを全無視して続けられたのは編集様のおかげです。

そして、ここまで追いかけていただいた読者の方々。

中卒探索者シリーズを4巻というところまで続けることができたのは、ここまで読んでくださった皆様のおかげです。

この作品に関わっていただいた全ての方に心からの感謝を申し上げます。

さて、最後になりますがもう一つ、この場をお借りして少し別作品の宣伝をさせていただければ幸いです。

電撃文庫さまより『凡人転生の努力無双』という作品が来春発売予定となっております。中卒探索者よりも〝魔法〟に焦点を当てた現代伝奇ファンタジー作品になっていますので、そちらも手にとっていただけますと嬉しいです。

ではでは。

HJ文庫 https://firecross.jp/
1128

中卒探索者の成り上がり英雄譚 4
～2つの最強スキルでダンジョン最速突破を目指す～

2023年12月1日　初版発行

著者――シクラメン

発行者―松下大介
発行所―株式会社ホビージャパン

〒151-0053
東京都渋谷区代々木2-15-8
電話　03(5304)7604（編集）
　　　03(5304)9112（営業）

印刷所――大日本印刷株式会社

装丁――内藤信吾（BELL'S GRAPHICS）／株式会社エストール

Printed in Japan

ISBN978-4-7986-3359-6　C0193